HUNTER MOON
헌터문

FUSION FANTASTIC STORY
이 훈 장편 소설

헌터문 1

이 훈 장편 소설

초판 1쇄 찍은 날 § 2013년 8월 26일
초판 1쇄 펴낸 날 § 2013년 9월 2일

지은이 § 이 훈
펴낸이 § 서경석

편집부장 § 권태완
편집책임 § 박은정

펴낸곳 § 도서출판 청어람
등록번호 § 제1081-1-89호
등록일자 § 1999. 5. 31
어람번호 § 제1-1663호

주소 § 경기도 부천시 원미구 심곡2동 163-2 서경B/D 3F (우) 420-822
전화 § 032-656-4452 팩스 § 032-656-4453
http://www.chungeoram.com
E-mail § chungeorambook@daum.net

ⓒ 이 훈, 2013

ISBN 978-89-251-3431-4 04810
ISBN 978-89-251-3430-7 (세트)

HUNTER MOON

이 훈 장편 소설

헌터문

1

청어람
도서출판

CONTENTS

Intro

"현다솔, 5, 5초 8!"

저 망할 껑다리 지지배의 기록이 놀라운지 선생님도 말을 더듬었다.

이러면 애들이야 말할 것도 없지.

"우와! 쟤 진짜 빠르다."

"여자애가 어떻게 저렇게 빠르지?"

주변 아이들이 시끄럽게 웅성거렸다.

대체 저게 뭐가 그렇게 대단하다고.

한 녀석이 내 어깨를 툭 치며 말한다.

"야, 너 쟤랑 소꿉친구였다며? 그럼 너도 쟤처럼 운동 잘해?"

나는 버럭 소리쳤다.

"당연하지! 내가 울 아부지한테 배운 거 쓰면 저딴 지지배 따위보다 몇 배는 빨라!"

"우와아아아아!"

"예은창 짱이다!"

며칠 전부터 같이 놀던 녀석이 다른 아이들에게 으스대며 말해줬다.

"그치? 짱이지? 게다가 은창이네 아버지는 퇴마사래! 은창이두 퇴마사가 될 거래."

"퇴마사? 우와, 멋있다!"

나를 보는 아이들의 눈빛이 반짝거린다.

"그럼! 우리 아빠 세상에서 젤루 멋진 퇴마사라고!"

"근데 퇴마사가 뭐야?"

"몰라. 근데 아무튼 엄청 멋있는 거야."

퇴마사가 뭔지도 모르는 다른 아이들이 내 눈 밑으로 보이는 가운데 드디어 내 차례가 됐다.

난 잔뜩 올라간 어깨로 당당하게 걸어가 출발선에 섰다.

뒤쪽에서 아이들이 내 이름을 부르면서 박수를 쳤다.

'보라고, 현다솔. 이번에야말로 내가 널 이겨줄 테니까. 아부지가 가르쳐 준 비공전개라면 이길 수 있어. 육상선수보다

훨씬 빠르게 달릴 수 있는 수법이라고 하셨으니까.'

하지만 상대는 현다솔이다.

내 생각으로 현다솔은 육상선수보다도 더 빠르고 강할 것 같다. 아니, 분명히 그럴 것이다. 저 지지배는 괴물이니까.

그러니까 비공전개를 쓴다고 방심하지 말고 전력을 다해야 해.

빵!

총소리가 울리자마자 난 온 힘을 다해 땅을 박찼다.

반드시 이겨야 돼! 꼭 이겨야 돼!

난 비공전개의 법문을 마음속으로 전력을 다해 외우고 정해진 순서에 한 치의 오차도 없이 땅을 박차 달음박질쳤다. 이 정도면 분명 아버지에게 비공전개를 배운 이후 최고로 잘하고 있는 것이다.

이길 수 있다!

이렇게 완벽한 비공전개라면 이길 거야!

숨이 턱 밑까지 올라와 괴로워도,

가슴이 심하게 뛰어서 심장이 뛰쳐나올 것 같아도 뛰었다.

마지막까지 전력을 다했다.

앞도 제대로 안 보일 정도로 어지러운 가운데 내 발이 드디어 골인 지점을 넘었다.

그리고 들리는 선생님의 목소리.

"예은창, 19초 42!"

뭐라고?!

절망에 빠진 나의 눈에 불독 담임 쌤의 거대한 그림자가 드리워지는 게 보였다.

꽝!

불독의 핵 꿀밤이다. 핵 꿀밤이 나의 머리를 강타한 고통에 눈물을 찔끔거렸다.

"푸하하하하하! 19초래!"

"꼴찌다, 꼴찌!"

"퇴마사가 전교 꼴찌다!"

아이들이 비웃는 가운데 저 멀리서 현다솔이 날 쳐다보고는 한숨을 푹 쉬는 것이 보였다.

"우, 우이씨!"

난 어디로 가야 할지 모른 채 무작정 달렸다.

그저 달렸다.

그러면서 소매로 눈물을 훔쳤다. 물론 이 눈물은 창피하거나 분해서가 아니다. 절대적으로 망할 불독의 핵 꿀밤 때문이다.

나는 목이 터져라 소리쳤다.

"내가…… 내가 울 아부지 말을 믿으면 사람이 아니다!"

퇴마사라고?

젓 까라, 그래!

Chapter 01

퇴마사는 개뿔

"은창아~"

"장, 장보람?"

장보람이다.

우리 학교에서 제일 예쁜.

같은 반도 아니고 한 번도 얘기조차 나눈 적이 없는 보람이
가 왜?

"은창아~"

또 부른다.

그런데 뭔가 표정이 야릇하고 목소리도 후덜덜하게 들린다.

뭐지?

금방이라도 눈물을 쏟을 듯 젖은 눈으로 바라보는 보람이의 표정이 야하게 느껴진다.

얼굴 아래 쇄골과 뽀얀 목, 어깨에서 눈을 뗄 수가 없다.

학교에서 눈에 띌 때 가끔 곁눈질만 하다가 코앞에서 보고 있자니 정신을 차릴 수가 없다.

그래서 어깨 아래로 보람이의 형체가 없다는 것도 전혀 이상하게 느껴지지 않는다.

"보람아!"

보람이의 어깨를 덥석 잡았다.

보람이가 기다렸다는 듯 살며시 눈을 감았다.

머릿결에서 풍겨 나오는 샴푸 냄새와 분홍색 입술.

나도 눈을 감았다.

그리고……

따르르르릉―!

"……!"

깜짝 놀라 눈을 떴다.

"헉?"

보람이가 눈을 감은 채 입을 괴물처럼 벌리고 있는데 그 안에서 요란한 알람을 내지른다.

'알람?'

"아이씨!"

눈을 뜨자마자 꿈이란 걸 안 은창은 신경질적으로 머리맡에 놓아둔 폰을 부술 듯 거칠게 조작했다.

"내가 미쳐! 돌았냐, 예은창?"

우리 학교는 물론이요, 주변 학교 전체에서 아이돌처럼 선망의 대상인 장보람의 꿈을 꾸다니.

괜히 혼자서 쪽팔리다고 생각한 은창은 구시렁거리며 대충 씻고 교복을 챙겨 입은 뒤 건넌방에다 대고 건성으로 소리쳤다.

"학교 가요!"

하지만 대답은 없다.

'저 인간이 이 시간에 일어났을 리가 없지. 보나마나 새벽까지 야동이나 팠을 거야.'

한숨을 쉬며 문밖으로 나오자마자 좌우로 즐비하게 늘어선 흰 천들이 얼굴을 덮쳤다.

길이가 제각각인 대나무에는 하나같이 한지와 흰 천이 뒤섞여 매달려 있었다.

사람들은 이런 걸 '서낭기'라고 한다.

흔히들 무당집 앞에 걸려 있는 것을 가리키는 말이다.

물론 은창의 아버지 예응종은 이 말을 들으면 펄쩍 뛰며 침을 튀긴다.

'무당집의 서낭기는 귀신을 불러 모으지만 이것은 귀신을 제압해 옴짝달싹 못하게 하거나 쫓아내는 '항마기' 라는 것으로 만사만마를 제압하는 탕마멸사력이 담긴……'

"탕마멸사는 얼어 죽을! 어디서 무협지 읽고 표절한 게 뻔하지!"

하긴 조금 다르긴 하다.

다른 무당집을 보면 깃발에 용이나 여러 가지 동물이 그려져 있지만 항마기에는 '귀행평전(鬼行評傳)' 에 나와 있는 척마법문(斥魔法文)이 쓰여 있으니까.

물론 은창의 아버지는 죽어도 자기들은 무당집이 아니라고 우긴다.

광륭선원이란 어엿한 이름이 있다고.

'그럼 정체가 뭐냐?' 라고 사람들이 물으면 대답하기 더 쪽팔리다.

초딩 때 담임이 가정 방문 와서 보인 벙찐 얼굴을 생각하면 은창은 아직도 얼굴이 화끈거렸다.

"무당집이 아니야? 그럼 아버진 뭘 하시는 분이니?"

"퇴마사인데요."

"……."

'퇴마사는 얼어 죽을.'

어차피 평소보다 일찍 나온 터라 은창은 그냥 학교까지 천천히 걸어가기로 했다.

삼 년.

어느덧 삼 년이다.

중학교 때까지만 해도 은창의 등굣길이 이렇게 심심하진 않았다.

오 년 전, 큰형인 은수가 고등학교 졸업을 앞두고 가출을 하면서 식구가 줄더니 삼 년 전에는 둘째누나 소영이 장학금을 주는 대학교에 붙어 짐을 싼 뒤 두 번 다시 돌아오지 않겠다고 하고 나가 버렸다. 그 뒤로 은창의 큰형과 누나 모두 다시는 코빼기도 비추지 않았다.

"예은창!"

귀를 파고드는 소녀의 목소리에 예은창은 인상을 확 구겼다.

"제길. 질리지도 않나."

"이 시간에 등교하냐?"

은창은 마지못해 손을 들어 보였다.

현다솔.

정확히 말하자면 둘도 없는 소꿉친구다.

하지만 꼴통 소리를 듣는 은창과 달리 초딩 때부터 고3인

지금까지 전교 2등 밑으로 내려가 본 적이 없는 녀석이다.

그렇다고 통짜 몸매에 두꺼운 안경을 쓰고 다니면서 신의 공평함을 증명하는 종류의 여자애는 절대 아니다.

성격이 털털하고 연애는 질색이라 여태껏 남자 한 번 제대로 사귀어 본 적이 없지만, 환상적인 비율의 몸매에 얼굴마저 제법 예뻐 인기가 굉장히 많았다.

물론 은창은 현다솔의 인기를 인정하지도 않고 그녀가 예쁘고 매력적이라는 말도 절대 인정 못했다.

'이 선머슴 같은 녀석 때문에 내가 여태껏 여자 친구가 없는 거라고. 대체 왜 항상 내 주변을 얼쩡거리는 거야. 토 나오는 소문만 나게 하고.'

기묘하게도 항상 같은 학교에 같은 반으로 배정되는 현다솔과 예은창, 워낙 어릴 때부터 함께 다닌 터라 둘에 대한 온갖 이야기가 퍼져 있는 상황이다.

은창의 입장에선 그런 상황이 짜증날 수밖에 없었다.

현다솔은 분명 엄친딸의 스펙을 지녔다.

뛰어난 학업 성적, 자신을 제외한 골빈 남자들의 눈을 홀리게 만들 정도의 외모.

하지만 진짜 현다솔의 모습은 그런 것들과는 전혀 다른 곳에 있다는 것을 은창은 잘 알고 있다.

오 년 전 중1 때 그들 반으로 이 년이나 꿇었다는 어떤 놈이 왔는데 성질머리가 개차반이라 아침마다 한바탕 몸살을 앓았다.

두 살이나 더 많아서 그런지 덩치도 좋고 힘도 세고 싸움도 잘해 누구 하나 덤빌 생각을 못했다.

나중에 가서는 여자애들한테 몹쓸 짓까지 시도했다.

그때 다솔이가 나섰다.

은창은 사람의 주먹이 눈에 보이지 않을 정도로 빠를 수도 있다는 것을 그때 처음 알았다. 더불어 가끔 하는 대련 때마다 다솔이 자신을 얼마나 많이 봐줬던 건지도.

뭘 어떻게 했는지 퍼퍽 소리가 몇 번 나더니 복학생 놈의 두 뺨이 시뻘겋게 변해서는 쌍코피까지 흘리며 벌러덩 누워 버렸다.

가끔 다솔이 집에 놀러 가면 다솔이 제 아버지랑 사극에 나오는 포졸과 다모 옷차림을 하곤 느려터진 몸짓으로 이상한 무술을 하기에 우리 꼰대처럼 무슨 사이비 교주인 줄 알았다.

나중에 물어보니 무예십팔반인지 이십사반인지 하는 거란 다.

'빌어먹을.'

은창은 사기꾼 집안이라 놀림 받는 자신과 비교되는 현다솔 집안에 대해 생각하면 생각할수록 약이 올랐다.

"야, 예은창, 그 긴 머리 좀 어떻게 해라. 뒤에서 보면 정신

나간 여잔 줄 알고 깜짝깜짝 놀란다고."

은창의 머리는 어깨가 살짝 넘는 장발인데, 그것을 아무렇게나 대충 묶어 다니곤 한다.

"그래, 그리고 너랑 나랑 같이 다니면 사람들이 내가 여자고 네가 남자인 줄 착각하겠지."

"그거 지금 나보고 남자애 같다고 놀리는 거지? 죽을래?"

다솔이가 팔꿈치로 때리는 시늉을 하자 은창은 본능적으로 몸을 움츠렸다. 대련 때마다 하도 얻어맞아서 그런지 이미 조건반사로 몸에 각인이 되어 있다.

"콱! 조심해라. 한 번만 더 그런 말 했다간……."

거기까지 말하고 다솔은 자신의 목을 긋는 시늉을 했다.

"으으, 이 깡패 같은 계집애. 경찰은 뭐하나? 이런 깡패가 학교를 다니면서 선량한 학생들을 괴롭히고 있는데."

"시끄러! 그보다 진짜 머리 좀 자르란 말이야. 답답하다고."

"안 돼! 귀신이 가까이 오면 가장 먼저 반응하는 게 머리카락이야. 머리칼이 곤두선다는 말이 괜히 나온 줄 알아? 머리카락이 길수록 귀기에 대한……."

다솔이 신기하다는 눈빛으로 은창을 보며 피식 웃었다.

"맨날 말로는 평범하게 살고 싶다면서 이럴 때 보면 진짜 너희 아버지처럼 퇴마사 같다는 거 알아?"

"……."

은창은 자기 입을 꿰매 버리고 싶은 충동을 느낀다.

"참! 어제 TV에 네 아버지 나오더라? 새로 생긴 프로 같던데, 이름이 뭐더라?"

잠깐 고개를 갸우뚱거리던 다솔이 기억이 나는지 손뼉을 쳤다.

"맞다! 미녀들과 귀신탐험대! 거기 예쁜 언니들도 많이 나오더라."

은창의 얼굴이 팍 찌그러졌다.

'미녀들과 뭐? 미치겠네! 아주 이제 막장 타려고 작정하셨구나.'

은창은 학교에서 모르는 사람이 없을 정도로 유명했다. 그게 다 길게 묶은 머리카락 때문이다.

당연히 집안 내력도 선생님은 물론 친구들에게까지 다 까발려진 상태였다.

그런 상황에 아버지란 인간이 TV에 나와 버린 것이다. 학교 들어가면 애들이 수군거릴 것이 뻔해 죽을 맛이다. 생각만으로도 양 볼이 시뻘게지는 은창이었다.

그런 은창의 속내를 아는지 모르는지 다솔이 빙글거렸다.

"요즘 TV에 자주 나오시더라? 이거 이러다 떼돈 버시는 거 아냐? 아들인 너도 같이 말이야. 대한민국 최고의 퇴마사 집안이라면서."

은창은 잠깐이지만 이 둘도 없는 친구란 존재를 야산으로 끌고 가 깊이 파묻어 버릴까 잠시 고민했다.

물론 그럴 힘이 없으니 실현 불가능하지만.

아무튼 이 사기꾼 아버지는 우연찮게 미스터리 흉가 체험인지 뭔지에 한 번 출연하고 나서는 여자 리포터가 끝내줬다며 풀린 눈으로 레이저를 쏘더니 이제는 거의 일주일에 한 번 꼴로 방송에 나가고 있었다.

방송을 보면 기도 차지 않는다.

음침한 장소 한곳을 찾아가서는 담 위에 누가 앉아 있네, 누가 자길 보고 손을 흔드네, 풀리지 않은 원한이 있어 승천하지 못하고 지키고 있네 하는 거짓말을 잘도 해댄다.

'있기는 개뿔이!'

있지도 않은 귀신이 눈에 보인다고 하는 말이 다 사기라는 것은 은창이 더 잘 알고 있다.

어렸을 때만 해도 퇴마사 아버지에 대한 막연한 환상을 품고 있기는 했다. 하지만 초등학교 4학년 때 친구들 앞에서 개망신을 당하며 그 환상은 완전히 깨져 버렸다.

중학교 때부터 본격적으로 귀행평전에 입문한 은창, 귀행평전엔 귀신이 나타날 때 일어나는 갖가지 현상이 적혀 있었다.

그 때문에 은창은 아는 것이다.

아버지가 하는 말이 전부 사기라는 것을.

귀행평전에 적힌 귀신이 나타날 때 일어나는 현상은 단 한 번도 일어나지 않았다.

그걸 가르친 것도 은창의 아버지다. 그런 작자가 TV에 나가 가짜 퇴마 쇼나 벌이고 있으니 은창은 골이 다 찌근거렸다.

하긴 지금에 와서 그걸 따지면 뭐 할까 싶다.

이제는 귀행평전마저도 별 믿음이 가지 않기 때문이다.

아이러니하게도 귀행평전 상에서 언급하는 현상을 한 번도 본 적이 없는지라 귀행평전 자체가 진짜인지 가짜인지도 헷갈려져 버린 것이다.

은창은 형과 누나가 집을 떠난 것도 다 그런 이유 때문이란 것을 알고 있었다.

—다음 뉴스입니다. 한 달 사이 전국 각지에서 유명 무속인 아홉이 피살된 사건으로 해당 직업을 가진 이들이 두려움에 떨고 있습니다.

교차로에서 우측으로 방향을 틀던 은창과 다솔은 무심결에 귓속을 파고드는 소리에 전자제품 가게의 TV로 눈길이 향했다.

—동일범에 의한 것으로 추정되는 가운데 유례없이 광범

위한 지역에 걸친 연쇄 살인 사건으로 경찰은 광역수사대까지 나섰지만 성과가 없자 사건이 검찰 쪽으로 넘어가면서 검경 합동 팀이 구성될 것으로 보입니다. 한편……

뉴스를 보던 다솔이 은창의 옆구리를 팔꿈치로 찌르며 말했다.

"너 조심해야겠다."

"뭔 소리야?"

"무속인 연쇄 살인 사건이라잖아. 혹시 알아? 그 살인범이 너희 집 찾아갈지."

다솔의 말에 은창이 웃기지도 않는다는 듯 심드렁한 표정으로 대꾸했다.

"무속인 사건이라잖아. 울 꼰대하고 난 퇴마사라구!"

다솔이 피식 웃었다.

"퇴마사는 얼어 죽을."

은창이 발끈해 열 손가락의 손톱으로 위협하는 시늉을 했다.

"이게!"

자기는 비록 입에 달고 살지만 남이 말하는 건 싫은 은창이었다.

*　　　*　　　*

—이제부터 네가 수행하게 될 금양보력(陰陽寶力)은 퇴마사가 체득할 수 있는 오대성력(五大聖力)의 하나로써, 수행법은 얼핏 보기에 기공 수련과 비슷해 보이지만 금양보력은 경락을 따라 기혈을 운행하는 것이 아니라 귀계로부터 귀기를 도인해 이것을 축령(蓄靈)하는 법문이다. 연마를 게을리 하지 않는다면 괴력난신(怪力亂神)하여……

"23초 38!'

귓속을 파고드는 짤막한 소리와 함께 은창이 헐떡이는 숨을 뱉으며 인상을 구겼다.

"장허다! 또 꼴찌냐? 이놈아, 사십 줄인 내가 뛰어도 너보다는 빠르겠다."

체육 선생님의 혀 차는 소리에 키득거리는 소리가 난무했다.

'괴력난신 같은 소리 하고 있네. 이 저질 체력은 뭐로 설명할 건데, 꼰대야.'

금양보력인지 보신인지를 수련한 지 벌써 십 년이건만 괴력난신은 고사하고 이 저렴한 육신은 뭐란 말인가.

순 사이비라는 것을 잘 알고 있음에도, 그 때문에 무수한 좌절과 비웃음을 받았음에도 참 포기가 안 되는 마음을 은창은 스스로도 이해하기 힘들었다.

십 년을 하루도 거르지 않고 해온 일, 그동안의 정성과 노력이 너무나 억울해서 도저히 그냥 버려지지가 않았다.

"너 또 그 짓 했지?"

차라리 모른 척이나 하지.

눈썰미가 남다른 다솔이 와서는 옆구리를 슬쩍 찌르며 아픈 가슴을 쑤시고 들어왔다.

"그 짓이라니? 여자애가 남자애한테 하는 말치고는 너무 야하다고 오해할 만한 말 아니냐?"

다솔은 남자처럼 히죽 웃었다.

"깔깔! 제법이네. 그런 농담도 하고. 근데 꿈도 크다? 감히 누가 너와 나 사이를 그렇게 생각하겠냐? 넌 너를 너무 과대평가하는 게 탈이야. 근데 그보다 그 짓 한 거 맞지?"

그래, 다솔의 말이 맞다. 학교에서 제일가는 꼴통인 나와 믿기 힘들게도 남자들 사이에서 인기가 높은 다솔이니 누가 그런 오해를 할까.

하지만 그게 더욱 화나는 거다. 어쨌든 그건 그거고, 은창은 쪽팔려서 잡아뗐다.

"그 짓이라니? 그게 대체 뭔데? 난 그런 거 한 적 없는데?"

"아닌 척하긴, 딱 보니까 옛날에 보여준 비공전개(秘功展開)인가 하는, 발뒤꿈치부터 내디뎌서 공간을 당긴다는 말도

안 되는 달리는 방법을 쓰고 있더만. 초등학교 4학년 때도 썼
지?'

'예리한 자식.'

은창은 기억도 가물가물한 순수하던 옛 시절에 괜히 신나
서 있는 밑천 없는 밑천 다 보여줬던 치욕의 과거가 후회막급
이다.

"은창이 너, 아직도 홀리 포스 수련하냐?"

"홀리… 뭐?"

은창이 대꾸하다 말고 어이없다는 표정으로 다솔을 쳐다
봤다. 다솔은 잘못 말했나 하는 얼굴로 뺨을 긁으며 대꾸했
다.

"그거 왜 있잖아. 내가 기공 수련하는 것처럼 너도 매일 수
련하는 거 말이야."

"금양보력이야, 인마. 이게 어디서 이상한 걸 보고 와가지
고 남의 집 비전을 짜깁기하는 거야?"

"네 아버지가 그러던데?"

"……"

은창은 골이 땅해왔다.

요즘 들어 시대가 변하면 전통도 변해야 한다며 퇴마의 글
로벌화니 어쩌고 하더니 이제는 족보마저 자기 마음대로 바
꾸고 있는 모양이다.

'이 꼰대가 도대체 뭔 짓을 하고 다니는 거야?

"하긴, 나도 처음 들었을 때는 촌스럽다는 생각이 들더라. 스타워즈 보고 필 받으셨나?"

"……."

은창은 다솔이 얄미워 죽을 지경이었다.

"차라리 우리 아버지한테 나랑 같이 무예이십사반 배우자. 응? 수련이 너무 고되고 지루해서 배우려는 사람이 없는데, 답 안 나오는 요상한 수련을 십 년이 넘도록 하루도 거르지 않고 한 네 근성과 앞뒤 꽉 막힌 융통성이라면 딱이야."

"……."

"어? 내 차례다! 그럼 갔다 올게."

안 그래도 피가 거꾸로 솟을 지경인데 하는 말마다 아주 사람 속을 뒤집어놓고 있다. 게다가 어릴 때부터 다솔의 도움을 받아온 은창의 입장에서는 더욱 그렇다.

하지만 그렇다고 틀린 말을 한 것도 아닌데 딱히 쏘아붙일 말도 없다.

오대성력이라는 거창한 이름하에 그중 한 가지인 금양보력을 익혀왔지만 다솔의 말대로 결과물이 전혀 없기 때문이다.

곰 같은 힘과 표범처럼 빠른 발은 기대도 하지 않는다.

하다못해 사람들 이름에 오르내리는 기공 수련을 한 것처럼 배꼽 부근이 따뜻해지는 현상이라도 있으면 희망이라도 가지지.

자의 반 타의 반 밤낮으로 쉬지 않고 십 년이 넘도록 수련해 왔지만 비전의 오대성력 중 하나라는 금양보력은 고사하고 귀기나 영력이라는 것도 느껴본 적이 없다.

게다가 금양보력을 기반으로 한 제요벽(制妖闢)이란 무예도 십 년 넘도록 수련했지만 다솔은 고사하고 또래 녀석들에게조차 흠씬 두들겨 맞는 일이 다반사였다.

오랜 옛날 오대성력을 실체화한 위대한 선조께서 백팔 마귀를 하나하나 제압하며 만들어낸 무예라는데 이제는 그것도 전혀 신용이 가지 않았다.

깊은 생각에 빠져 있던 은창은 다솔이 달리는 모습을 응시했다.

168cm의 이상적인 키에 불공평한 신의 처사로 만들어진 몸매 비율을 지닌 다솔이다. 게다가 매일같이 운동을 한 탓에 군살이라고는 눈 씻고 찾아봐도 없다. 더 환장한 것은 그렇게 활동적이고 운동을 좋아함에도 피부는 학교의 누구보다도 하얗고 깨끗하다는 것.

그런 다솔이 반바지 운동복 차림으로 달리기를 하고 있으니 학교의 남자애들은 물론이요, 남자 교사들까지 눈을 못 떼고 있는 중이다.

시선 속에서 다솔은 너무나 여유롭게 피니시 라인을 지나
갔다.

"10, 10초 79!"

"맙소사! 남자를 포함한 건 물론이고 육상부 애들까지 합
쳐서도 1등이야!"

다솔의 기록에 어김없이 웅성대는 학생과 선생님들.

그걸 지켜보며 은창은 중얼거렸다.

'퇴마사는 개뿔.'

Chapter 02

짭짤한 알바

해봤자 답도 나오지 않는 야자 시간에 엉덩이만 붙이고 있
던 은창은 휴대폰 진동 소리에 주변을 살펴본 뒤 조용히 교실
을 나와 화장실로 갔다.

"왜요?"

통화 버튼을 누르고 말하자, 막걸리 한 단지는 마신 것 같
은 걸쭉한 목소리가 들려왔다.

ㅡ일 좀 해라.

"야자 끝나려면 아직 한 시간 남았어요. 그리고 저번에도
나 혼자 퇴마 의식 하러 갔다가 사기꾼으로 몰렸던 거 기억

안 나요?"

—해봐야 어차피 그게 그건데 뭘. 그리고 이번 건 퇴마 의식과는 관련 없어.

부모가 고3 자식에게 한다는 소리가 이 모양이다.

"아빠 뭐하고?"

—난 11시부터 '미녀들과 귀신탐험대' 특집 찍어. 미녀들과 여름 바캉스 촬영! 타이틀 죽이지? 밖에 나와 있으니까 네가 해라.

휴대폰에서 들려오는 한껏 들떠 있는 목소리만으로도 미녀들인지 뭔지 하는 리포터들 앞에서 침을 흘리고 있을 아버지 모습이 눈앞에 훤히 그려졌다.

골이 난 은창의 목소리가 자연스레 높아졌다.

"그럼 의뢰를 받지 말아야지 왜 받아요! 못 가! 죽어도 못 가!"

—에이, 아들, 왜 그래? 그리고 이번 의뢰는 퇴마 의식은 아니니까 걱정하지 마. 거 무슨 심령사진 찍고 흉가 탐험하는 동호회 사람들이라는데, 선령 고개에 있는 흉가 알지? 그 집 잠깐 가이드해 주면 돼. 11시까지 버스 터미널 출구에서 만나기로 했으니까 부탁해? 그리고 폼 좀 나는 리액션 좀 하구. 통화 끝.

"아빠!"

뚝.

"……."

은창은 손에 든 휴대폰을 들고 잠시 부르르 떨었지만 이내 나오는 건 한숨뿐이었다.

아무리 없는 귀신을 물리치고 있지도 않은 퇴마 능력을 수행하는 은창이지만 그래도 자신은 진짜 퇴마사라는 걸 마지막 남은 자존심으로 여겼다.

아버지가 케이블 TV에 나와서 연기대상 뺨치는 행동을 하는 것도 마뜩치 않은데, 자기더러 돈 몇 푼 받고 폼 나는 리액션 같은 것을 준비해 두라는 말에 더욱 서글퍼지는 심정이다.

그럴 거면 차라리 그냥 마지막 자존심마저 내려놓고 사는 게 좋을 것 같다는 생각마저 들었다.

그런데 누군가 은창의 통화 내용을 들은 사람이 있었던 모양이다.

"어이, 꼴통! 또 어디에 사기 치러 가냐?"

은창의 눈꼬리가 치켜 올라갔다.

그의 뒤로 껄렁대며 나타난 것은 일진이라며 거들먹거리고 다니는 양아치 녀석들이었다.

"신경 끄고 양아치 짓이나 계속하세요. 짜증나게 굴지 말고."

은창의 말에 평소 누가 봐도 다솔을 짝사랑하는 것이 눈에

훤히 보이며 일진 사이에서는 싸움 실력이 최고로 손꼽히는
심창원이 침을 찍 뱉었다.

"이 꼴통 새끼가! 우리가 정말 널 무서워해서 피하는 줄 아
냐?"

은창은 한숨을 푹 쉬었다.

"나 지금 심기가 매우 불편하니까 그만 떠들고 들어가라
고, 양아치 형님들아."

꼴통으로 불리는 은창을 먼저 건드리기에는 심창원도 찝
찝했다. 하지만 이대로 물러나기엔 자존심이 상했다. 더불어
그동안 억눌려 왔던 다솔과 관련한 질투심이 하필 지금 폭발
했다.

"내가 양아치면 넌 사기꾼이냐, 새꺄? 씨팔, 아비랑 아들이
랑 쌍으로 사기치고 다니고 가관이다, 병신아. 퇴마사는 얼어
죽을, 개마사라고 해라, 개마사."

은창의 눈이 희번덕이며 돌아갔다. 그대로 땅을 박차 날아
올랐다.

"이런 씹새가!"

날아오른 은창을 보며 심창원은 아차 싶었다.

'좆도! 꼴통 새끼한테 절대 하면 안 될 말을 했다!'

*   *   *

"아오, 아파! 쓰벌! 망할 놈들!"

학교 뒤편에서 다솔과 함께 서서 은창은 계속해서 욕을 해 댔다.

최대한 얼굴 맞는 건 피했기에 면상만은 괜찮았지만 온몸 구석구석 안 아픈 곳이 없었다.

"그러니까 약한 놈이 왜 자꾸 싸움을 거냐?"

다솔은 역시 얄밉다.

은창은 입을 삐죽 내밀고 말했다.

"시끄러! 그 새끼들이 비겁하게 쪽수로 밀고 나와 맞은 것 뿐이야."

물론 은창은 처음부터 심창원을 한 대도 때리지 못했다.

몇 년간 킥복싱을 배운 심창원은 가벼운 스텝으로 은창의 발차기를 피한 후 은창을 마구 때렸다.

하지만 은창이 괜히 꼴통이란 소리를 듣는 것이 아니었다. 일진들도 슬금슬금 피할 정도의 꼴통, 아무리 맞고 쓰러져도 이를 악물고 미친개처럼 달려들어 결국 당황한 심창원을 넘어뜨리고 올라타는 것까진 성공했다.

물론 그러자마자 다른 일진에게 맞아 땅바닥을 뒹굴었지만 말이다.

그렇게 한참 맞다가 등장한 건 선생님이 아니라 다솔.

야자 시간에 남아 있던 선생들은 잠을 잔 건지 고기라도 먹으러 간 것인지 그런 소동에도 나타나지 않았고, 수학 올림피아드에 참가했다가 야간자율학습을 하러 혼자 돌아온 다솔이 은창을 발견한 것이다.

그야말로 한 마리의 나비처럼 가볍게 허공을 날은 다솔은 길고 미끈한 다리를 벌침처럼 사용해 심창원의 후두부에 내려꽂은 뒤 눈에 보이지도 않을 속도로 다른 일진들마저 쓰러뜨렸다.

'아직도 정신을 못 차려! 예은창은 나만 때릴 수 있으니까 아무도 때리지 말라고 경고했지? 벌써 잊은 거냐, 이 새끼들아?'

라고 소리쳐 일진에게 맞을 때보다도 더욱 심하게 표정을 일그러뜨리게 만든 것은 은창에 대한 다솔의 보너스.

'아오, 얄미운 자식.'

그렇게 중얼거리며 은창은 다솔을 사납게 흘겨봤다.

그리고 말없이 교실로 향했다.

"젠장, 망할 양아치 새끼들 때문에 늦겠네."

교실로 돌아와 교복만 챙기고 책상 위에 펼쳐진 책은 그대로 놔둔 채 나머진 사물함에 뭉개 넣는 은창을 보며 다솔이 혀를 찼다.

"뭐야? 또 새려고?"

"신경 끄……."

대충 내뺄 준비를 한 은창이 말을 멈추고 잠깐 다솔을 위아래로 훑어 내렸다.

은창의 목소리가 은근해졌다.

"다솔아."

"뭐, 뭐야, 그 기분 나쁜 전신 스캔과 음흉한 목소리는?"

다솔은 갑자기 자신의 어깨에 손을 턱 얹으며 눈매가 얄팍하게 가늘어지는 은창을 보며 본능적으로 경계하는 표정을 지었다.

다솔이 은창의 귀에다 대고 속삭였다.

"퇴마 의식에 가서 또 칼춤 추라고 하면 죽는다? 저번에 아빠한테 걸려서 반 죽다 살아났단 말이야."

'자식이 눈치는…….'

이 녀석은 정말 다방면으로 떨어지는 게 없는 녀석이다.

"퇴마 의식은 아니고, 흉가 체험 동호회 사람들 가이드 하는 거야. 여러 사람 구경하는 것도 아니고 그냥 네가 대충 내 장단 맞춰주면서 리액션 쬐끔 해주면 돼."

리액션이란 말에 화장실에서 서글픔에 잠겼던 일은 이미 저만치 멀리 날아간 뒤였다.

"안 돼."

"의뢰비 반띵."

고개를 돌려 외면하던 다솔이 은창의 말에 반사적으로 다시 고개를 되돌렸다.

"너희 집 도장에서 거창한 무기 하나 가지고 나와서 흉가에서 멋들어지게 폼 몇 번 잡아주면 돼. 어때? 응? 반뗑이면 네 아빠가 주는 용돈 넉 달 치다."

흉가 가이드를 편하게 하려는 의도도 있었지만 하기 싫은 일을 억지로 하자니 억울했던 은창은 의뢰비를 반으로 줄여 아버지에게 골탕 먹일 생각도 있었다.

다솔의 눈빛이 흔들렸다.

은창이 교실 문밖을 엄지손가락으로 가리켰다.

"고고?"

"으으! 가버릴까? 야, 근데 나 지금 집에 못 들어가. 들어가면 밖에 못 나온단 말이야."

은창이 흐흐 하며 웃었다.

"그런 건 변명이 될 수 없지. 신경 쓰지 마. 좋은 방법이 이미 있으니까."

다솔은 한참을 갈등하더니 이내 한숨을 푹 쉬며 좀비처럼 어깨를 늘어뜨리고 일어섰다.

*　　　*　　　*

"왜, 왜? 표정이 왜 그래?"

"……."

"이거나 네 집에 걸려 있는 칼이랑 비슷하게 생겼잖아? 이 정도면 럭셔리한 칼춤 나오겠구만."

"럭셔리하게 맞아 죽어볼래?"

스산하게 깔리는 다솔의 목소리에 은창이 찔끔했다.

"그, 그게… 이 정도면 괜찮잖아? 칼도 작으니까 들기도 힘 덜 들고 칼춤 출 때도 쉬울 테고… 에, 또… 팔딱팔딱 더 높이 뛸 수도 있고……."

은창의 말에 다솔의 몸이 부들부들 떨렸다.

딸랑딸랑!

그녀의 몸이 흔들리자 손에 쥐고 있던 작은 칼의 방울들도 요란한 소리를 냈다.

"웃기지 마! 난 절대 못 해! 안 해! 이십사반 무예의 정통 후 계자로서 이런 무당춤은 절대로 출 수 없어!"

"다솔아~"

"안 돼!"

"다솔아아~"

"싫다니까!"

"다솔아아아~"

"죽어도 못해—!"

"하앗!"

딸랑딸랑딸랑딸랑딸랑!

"와, 대단하네. 아직 어려 보이는데."

"하하, 그렇지요? 여러분이 아시는지 모르겠지만 사실 이 무당의 신기라는 것이 어린 나이에 신을 영접할수록 강해지는 겁니다. 그러니까 지금 저 소녀무당의 신기가 얼마나 대단할지는 두말할 나위가 없는 것이죠."

흑가 체험 동호회 회원과 은창의 대화를 들은 다솔은 하마터면 손에 쥐고 있던 칼을 전력으로 던져 버릴 뻔했다.

물론 은창의 이마를 목표로 해서 말이다.

부글부글 끓어오르는 마음으로 무당처럼 춤을 추고 있자니 그녀의 눈빛에 살기가 깃들고 표정이 싸늘해지는지라 지켜보던 흑가 체험 동호회 회원들은 다솔이 더욱 대단한 무당처럼 느껴졌다.

물론 다솔은 각종 행사에 나가 이십사반 무예를 시연해 본 경력이 많긴 하다.

게다가 어릴 때부터 소녀 무술가라는 말을 들으며 인기도 많았기에 대중 앞에 나서는 것이 그리 어색하지도 불편하지도 않았다.

하지만 지금 이렇게 무당이 굿하듯 칼춤을 추는 순간에는 이미 예전에 잊어버린 줄 알았던 부끄러움이 폭발해 죽을 것만 같았다.

'뭐? 소녀무당? 저게 진짜! 이십사반 전통 무예의 당당한 후계자인 내가…….'

다솔의 내심은 전혀 모른 채 예은창은 사기 행각에 더욱 열을 올리고 있었다.

"어, 엇! 보입니다! 이제 확실히 보입니다! 저, 저기, 저기에 있네요. 검은색 옷을 입고 얼굴은 산발에, 헉! 머리가 잘린 총각의 모습이…….."

"꺄악!"

동호회 회원 중 여자들이 소리를 지르고 남자들 역시 솜털이 바짝 서는 오싹함을 느끼며 몸을 한차례 떨었다.

동호회 회장으로 보이는, 안경을 쓰고 뚱뚱하며 여드름이 얼굴에 잔뜩 난 청년이 침을 꼴깍 삼키며 말했다.

"귀, 귀신은 정말로 있었던 것이군요. 그, 그렇다면 혹시 어쩌다 죽은 것이고 무슨 원한이 있는지도 알 수 있을까요?"

은창은 짐짓 눈살을 찌푸렸다.

"으음, 이렇게 원한이 큰 녀석과 심령적으로 대화를 나누려면 애초 약속한 것보다 더욱 힘든 일이라 그것이…….."

말을 길게 늘이며 동호회 회장을 의미심장하게 쳐다봤다.

보통 이 정도만 해도 대부분 눈치를 채고 웃돈을 얹어주겠다고 한다. 하지만 이 회장은 눈곱만큼의 눈치도 없는 듯했다.

"아, 퇴마사님께도 힘든 일이 있었군요. 하지만 조금 힘들더라도 부디 부탁드립니다. 그걸 꼭 알고 싶어서……."

'아오, 이 눈치 없는 새끼. 보나마나 현실에서도 친구 하나 없는 놈일 거야.'

속으로 그렇게 회장을 욕하며 은창은 동호회 회장의 귀에 대고 속삭였다.

"이게… 제가 사람들을 위하여 퇴마의 일을 하고는 있지만 저희와 교감하는 귀신들에게도 룰이라는 것이 있습니다."

"예? 무슨 뜻인지……."

"흠흠! 귀신들도 공짜는 없답니다. 흠흠! 그러니까 우리가 사는 사바세계처럼 그들도 돈을 무지 밝힌다는 뜻이지요. 그 때문에, 흠흠, 돈이라는 매개체를, 그것도 성의를 진심으로 보여야 귀신의 마음이 움직이는 고로… 흠흠!"

"아, 그렇군요!"

드디어 말뜻을 이해한 회장이 손뼉을 쳤다.

"알겠습니다. 애초 계약한 돈에서 삼십을 더 얹어드리겠습니다."

그러자 예은창은 오른발로 땅을 한차례 구르며 낮게 호통쳤다.

"어허! 예끼, 이 사람! 모름지기 성의란 곱해서 십이 되는 수로 표현해야 하는 법. 어찌 삼 자를 들이미는 거요?"

그리 말하며 손바닥을 쫙 펼쳐서 보여줬다.

회장은 속으로 '대체 그것과 성의가 무슨 관계가 있는 거지?' 하고 생각하면서도 조심스레 말했다.

"그, 그럼 오십을 더……."

회장의 말이 다 끝나기도 전에 은창은 눈을 감고서 양손을 맞잡은 뒤 검지를 모아 하늘을 가리키며 수인을 만들었다.

"망자는 내 말을 들으라!"

한두 번 연습해 본 것이 아니기에 지금 예은창의 어투와 행동은 제법 위엄과 절도가 흘렀다.

손과 팔을 마구 떨며 은창은 머리를 굴렸다.

'아무리 봐도 이놈들은 멍청해 보여. 그러니까 대충 아무거나 주워 담아서 말해주자. 흐흐! 추가 수입이 오십이나 더 들어오다니. 너무 좋아서 지리겠다, 진짜.'

이윽고 은창은 손을 풀며 눈을 떴다.

그리고 굉장히 힘든 듯한 표정을 지으며 나지도 않은 땀을 소매로 닦았다.

"하아, 힘들구려. 하지만 이 악귀의 사연은 알아냈소이다."

"그, 그게 무엇입니까?"

은창은 아버지가 자주 써먹던 레퍼토리를 읊어댔다.

"저 악귀는 본디 조선시대에 살았는데, 혼인도 하지 않은 상태로 배가 불러와 동네 사람들에게 돌팔매질을 당하고, 마지막에는 목까지 잘려 죽게 된 것이구려. 그러니 그 원한이 이리도 깊었던 것이외다."

그 이야기에 일부는 '그렇구나' 하는 표정으로 고개를 주억거렸다. 하지만 모두가 바보는 아니었다.

회장이 눈을 동그랗게 뜨며 말했다.

"아까는 총각이라 했잖아요?"

은창은 갑자기 헛기침을 연달아 했다.

"커흠! 험! 어험!"

헛기침하는 사이에 번개와 같이 머리를 굴린 은창이 소리치듯 말했다.

"귀신이 왜 귀신이겠습니까!"

"예?"

"귀라 함은 곧 영혼이 한을 풀지 못해 사람들을 현혹시키는 법입니다."

동호회 사람들이 은창의 말에 수긍하며 고개를 끄덕였다.

"그, 그렇지요."

"그래, 귀신은 한을 품어서 저승으로 못 간다고 하니까."

"맞아, 맞아!"

은창이 사뭇 목에 힘을 잔뜩 주며 말했다.

"그렇습니다. 잘들 알고 계시는군요. 그럼 생각해 보십시오. 총각귀신은 한을 품은 귀신입니다. 그런데 남자가 어떻게 임신을 합니까?"

"네. 그래서 제 말이……."

회장이 고개를 끄덕이며 대꾸하려는 것을 은창이 손을 들어 가로막았다.

"남자가 임신한다는 것 자체가 말이 안 되지요. 안 그렇습니까?"

은창의 말에 사람들이 고개를 끄덕였다.

그때 눈치 빠른 몇몇 사람이 '아!' 하며 탄성을 내질렀다.

"동성애자였군요!"

"그렇다네!"

은창이 추측이 맞았다는 듯 고개를 끄덕였다.

그제야 사람들도 총각귀신이 임신을 했다는 뜻을 이해했는지 저마다 '어머?'를 연발하며 폭풍 수다를 주고받았다.

"아, 상상 임신이었구나! 그래서 총각귀신이 임신이라고 한 거야!"

"그러네? 요즘 시대도 동성애는 편견 어린 시선이 많은데 그 시절에 오죽했겠어."

"맞아. 그래서 불쌍한 총각귀신이 한을 품고 귀신이 된 거구나."

사람들은 제멋대로 추측에 추측을 더하며 맞장구를 쳤다.

'상, 상상 임신? 그게 뭐지?'

은창은 의도한 대로 되긴 했지만 사람들이 제멋대로 지껄이는 말뜻을 몰라 순간 당황했다.

'에라, 모르겠다. 뭐 어쨌든 결과만 좋으면 되는 거지.'

은창이 박수를 쳐 소란스러움을 잠재운 뒤 말했다.

"맞아요. 여러분의 생각대로 상상 임신입니다. 총각은 불행하게도 남자의 몸으로 상상 임신을 하고 말았어요. 음, 그러자 마을 사람들은 남자가 애를 뺐으니 마귀가 쓰인 것이라오, 오해했고, 결국… 결국… 마을 사람들에게 목이 잘린 겁니다."

"그, 그렇습니까?"

은창 본인이 생각하기엔 정말 절묘한 임기응변이었지만, 그래도 흉가 체험 동호회 사람들의 눈에 깃든 불신의 빛을 싹 사라지게 만들지는 못했다.

'제, 제길, 이럴 때는 아버지가 말하던 것처럼 해야지. 뽑아낼 수 있을 만큼 빠르게 긁어모으고 튄다. 이미 긁어모았으니까 빨리 튀어야 해.'

마침 다솔의 칼춤도 끝이 나는 타이밍이었다.

다솔은 또랑또랑하니 맑은 목소리로 힘이 담긴 기합을 한 차례 내지르며 검을 길게 찌름으로 검무를 마쳤다.

"오! 드디어 퇴마 의식이 끝났습니다. 이제 이 폐가에 있던 마귀는 퇴치되었습니다."

그렇게 말하면서 은창은 손에 들고 있던 날 없는 장검을 멋들어지게 하늘에 던졌다.

'마무리는 판타스틱하게!'

이것도 다 퇴마 사기에 있어서 훨씬 선배라 할 수 있는 아버지가 알려준 것이다.

칼이 빙글빙글 돌며 허공으로 날아오르자 동호회 회원들의 시선이 모두 칼로 향했고, 다솔은 붉어진 얼굴로 은창의 옆에 서서 옆구리를 찔러대며 속삭였다.

"이 나쁜 새끼. 생각보다도 훨씬 쪽팔렸어. 안 되겠어. 오대 오는 안 돼. 내가 7은 먹어야겠어."

다솔의 말에 은창의 눈에 불똥이 튀었다.

"이 지지배가 지금 무슨 헛소리야? 내가 7을 먹어도 시원찮을 판에!"

이때 동호회 사람들이 동시에 감탄사를 내뱉었다.

"오오!"

'뭐지?' 하면서 은창과 다솔이 동시에 고개를 돌렸는데, 폐가 땅바닥 한가운데 은창이 하늘로 던졌던 검이 똑바로 딱 꽂혀 있었다.

문제는 땅바닥이 시멘트라는 것이다.

이도 안 들어갈 시멘트 바닥에 칼이 거꾸로 서서 흔들흔들하고 있으니 은창과 다솔도 눈이 튀어나왔다.

"으잉?"

"엥?"

은창과 다솔의 입에서 동시에 나온 말이다.

그중에서도 은창은 몇 번이나 눈을 손으로 비비며 자신이 던진 칼을 확인했다.

날도 세우지 않은 칼이 어떻게 시멘트에 꽂혀 빳빳하게 설수 있단 말인가.

"야, 야, 저게 뭐야? 어떻게 된 거냐?"

다솔의 속삭임에 은창은 넋 빠진 얼굴로 고개를 저었다.

"나, 나도 몰라. 저게 어떻게 저렇게… 으으……."

은창의 말에 다솔 역시 머리끝에서부터 발끝까지 차갑게 등골을 타고 흘러가는 소름에 몸을 떨었다.

"여, 여기 진짜 귀신이 있는 건 아냐?"

그 말을 듣고서야 정신을 차린 은창이 얼굴을 찡그리며 낮게 화냈다.

"장난하냐? 내가 이래 봬도 퇴마사야. 여기에 마귀가 진짜 있었으면 벌써 알았을 거라고."

"…응?"

다솔은 은창을 물끄러미 쳐다봤다.

"흠흠! 뭐야? 쳐다보지 마!"

얼굴이 붉어진 은창은 자신의 입을 꿰매 버리고 싶은 충동을 다시 한 번 강하게 느꼈다.

정말 귀신인가?

마침 동호회 회장이 감탄 가득한 얼굴로 다가오자 은창과 다솔은 속닥거림을 멈추고 거리를 뒀다.

"대단합니다, 퇴마사님. 여기 약소하지만 사례비입니다."

퇴마 의식이 끝났으니 전처럼 고루한 말투를 쓸 필요가 없었다.

어쨌든 돈을 받을 때가 되니 기분이 좋아진 은창은 보살상과 같은 미소를 지으며 말했다.

"별말씀을요. 귀신 잡는 게 제 일인데요. 할 일을 했을 뿐이에요."

말은 그렇게 하면서 은창은 회장이 건넨 하얀 봉투를 받은 뒤, 봉투 끝을 살짝 열어 곁눈질로 내용물까지 확인한 뒤 안주머니 깊숙이까지 찔러 넣는 행동까지를 그야말로 전광석화처럼 해냈다.

회장이 이번엔 다솔을 쳐다봤다.

"이… 소녀 무……."

다솔이 빽 소리친다.

"퇴마사!"

"저기… 아까는 무당이라 하셨⋯⋯."

"퇴마사!"

다른 이유는 없다. 그저 무당보다는 퇴마사가 덜 부끄럽기 때문일 뿐이다.

그런 생각과 함께 다솔은 얼굴을 붉혔고, 그녀의 거듭된 큰 소리에 놀란 회장은 급히 말을 정정했다.

"소, 소녀 퇴마사님께서도 수고하셨습니다."

그렇게 말하며 회장이 다솔의 얼굴과 몸을 쳐다보는데, 영락없는 홀린 눈빛이다.

'미친! 이런 선머슴이 대체 뭐가 좋다고.'

그렇게 생각하면서 은창은 다솔의 소매를 잡아끌었다.

"그럼 저희는 또 다른 곳의 마귀를 퇴치하러 가야 하기 때문에 아쉽지만 이제 헤어져야겠습니다. 내내 모두들 평안하십시오."

그리고 은창은 도망치듯 다솔과 함께 산속의 폐가를 내려갔다.

*　　　*　　　*

다솔에게 나눠 줬음에도 아직도 두둑한 봉투를 감촉으로 만끽하며 은창은 집으로 걸어갔다.

은창은 아까 다솔과 헤어졌던 시간과 자신이 걸어온 거리를 계산해 보았다.

"…좋아, 이제 다솔이는 집에 들어갔을 시간이지? 흐흐, 오래 기다렸다."

은창은 핸드폰을 꺼내 들어 잠금 화면을 풀고 카카오톡을 실행시켜 누군가에게 메시지를 보냈다.

아빠제발좀… : 야.

집에 들어가자마자 샤워라도 하는 것인지 다솔은 약 십 분간 답장이 없다가 대답했다.

꽃미녀무술가 : ㅇㅇ?
아빠제발좀… : 너 고기만 좋아하는 줄 알았더니… 과일도 좋아하나 보다?
꽃미녀무술가 : 갑자기 뭔 개소리?
아빠제발좀… : 특히 자두를 좋아하지 않냐?

메시지를 보내고 은창은 히죽 웃었고, 여태껏 금방금방 대답하던 다솔은 약 2분간 시간을 끌었다.

꽃미녀무술가 : 무슨 개소리?

아빠제발좀… : 알잖아. 나도 알고 너도 아는 거. ㅋㅋㅋㅋㅋㅋ

꽃미녀무술가 : 어?

아빠제발좀… : 그냥 제대로 말해줘? 너, 자두를 그렇게 좋아하니까
팬티도 자두 팬티를 입고 있었구나? ㅋㅋㅋㅋㅋㅋㅋㅋㅋㅋㅋㅋㅋㅋ

30초 후.

꽃미녀무술가 : 애!! 주겨벌린다!! 너 지금 어디야!! 당장 나와!!
이런 개 #@% %@%@#·%#%$%·$%·$%@#$#@!!

"으푸, 푸하하하하하!"

이제 곧 전화든 카카오톡이든 폭풍처럼 날아들 핸드폰을
주머니에 집어넣으며 은창은 크게 웃음을 터뜨렸다.

낮에 학교에서 다솔이 일진을 쓰러뜨릴 때 다솔의 짧은 원
피스 교복 속이 보였다.

앞에서 놀리면 정말 맞아 죽을 수도 있기 때문에 일부러 꾹
참고 있다가 다솔이 집에 들어가서 나올 수 없게 되자 카카오
톡으로 터뜨린 것이다.

순식간에 기분이 업된 은창은 히죽거리면서 집 주변의 대
나무 숲을 지났다.

대나무들이 어지럽게 자라 있는 사이로 꼬불꼬불 만들어진 숲길이 은창의 집으로 들어가는 유일한 통로였다.

그러다 이상한 느낌이 들었다.

타다다닥!

바람도 한 점 불지 않는 가운데 들려온 소리와 감촉.

묶어놓은 긴 머리가 도저히 걸을 때 생기는 반동으로 인하여 흔들리는 것이라고 할 수 없을 정도로 갑자기 심하게 요동치며 등을 때리기 시작한 것이다.

"어? 이거 왜 이래?"

은창은 걸음을 멈추고 손으로 머리카락을 잡은 뒤 조심스레 놓아봤다.

타다닥!

여전히 바람은 없었고 은창도 발걸음을 멈춘 상태이다.

그런데도 머리카락이 미친 듯이 흔들렸다.

저 혼자 살아 있는 것처럼 격렬하게 떨리던 머리카락이 갑자기 딱 멈추었다.

"뭐, 뭐야?"

매일 드나들던 대나무 숲길이 갑자기 너무나 무섭게 느껴졌다.

은창은 집을 향해 미친 듯이 내달렸다.

Chapter 03

진짜 뭔 일이래?

"아빠!"

헐레벌떡 뛰어들어 왔지만 집 안에는 술 냄새와 함께 예웅종의 코 고는 소리만 들린다.

은창은 방으로 뛰어들어 소주에 취해 코가 빨개져 잠들어 있는 그를 잡고 마구 흔들었다.

"아빠, 일어나 봐! 빨리!"

"으음! 뭐, 뭐야! 저리 가! 어허! 나는 사기꾼이 아니래두! 퇴마사야, 퇴마사! 으악! 쫓아오지 마! 받은 돈 떨어진 지가 언젠데! 안 돼! 나 사기꾼 아냐!"

팔을 허우적거리며 잠꼬대를 하는 예웅종.

은창은 골이 아파 손바닥으로 이마를 짚었다가 예웅종의 팔뚝을 찰싹찰싹 때렸다.

"일어나! 일어나, 아빠!"

"으아아아악! 헉헉! 뭐, 뭐야?"

비명을 지르며 깬 예웅종은 은창을 향해 우선 인상부터 썼다.

"아빠, 방금 머리카락이 자기 혼자 막 움직였어! 이거 귀신 있다는 신호라며?"

은창의 다급한 목소리.

하지만 예웅종은 퉁퉁 부은 얼굴로 은창을 물끄러미 쳐다보다가 다시 침대에 벌러덩 누워버렸다.

"막둥아, 이미지 트레이닝은 적당히 하는 거야. 의뢰를 위한 철두철미한 정신은 훌륭하다만…… 하암! 아무튼 빨리 발씻고 자라."

"아씨, 아니라니까! 진짜야!"

같은 시각.

시커먼 그림자 하나가 예웅종과 은창의 집 주변에 나타났다.

어둠 속에 모습을 감추고 있어 흐릿한 그림자만 보이는 사람이다.

그 그림자가 대나무 숲에 발을 살짝 디딘 순간, 주변으로 희미한 스파크가 일어나며 대나무들이 일제히 흔들렸다.

검은 그림자는 급히 발을 뒤로 빼며 중얼거렸다.

"…결계?"

그는 하늘을 쳐다봤다.

동그랗게 차오른 달 위로 구름 하나가 둥둥 지나가고 있다.

"이놈은 진짜구나."

그림자는 검은 어둠 속에서 새하얀 이를 드러냈다. 마치 재 있는 장난감을 발견한 것처럼.

"음기가 가장 충분한 시각, 그때 결계를 부숴주지."

검은 그림자는 마치 원래 존재하지도 않았다는 듯 스르륵 사라져 버렸다.

"에이씨, 망할 아빠. 대체 왜 믿지 않는 거야? 술이나 작작 좀 마시지."

은창은 투덜거리면서 자신의 방 책상에 가방을 놓았다.

그때까지도 은창의 핸드폰은 끊임없이 경련하며 다솔의 엄청난 분노를 대신 뿜어내는 중이다.

부재 중 통화 22통, 메시지는 170개에 육박하고 있는 상황.

하지만 은창은 그걸 보곤 한 번 히죽 웃은 뒤 침대에 누워

버렸다.

뭐 별로 걱정하지 않았다. 단순한데다가 자고 일어나면 전날 일은 대부분 떠올리지 못하는 다솔을 잘 알기 때문이다.

다솔을 제대로 놀렸다고 생각하니 기분이 좋아져 은창은 조금 전 밖에서 겪었던 머리카락 일을 대수롭지 않게 생각하기로 마음먹었다.

살면서 귀신이나 마귀 따위를 만난 일이 없다.

당연히 머리카락이 저 혼자 춤춘 일도 없다. 하지만 여태껏 한 번도 없었던 일이기에 더 의심이 가기도 하였다.

'내가 잘못 본 건가? 아니면 그때 하필 바람이 불고 있었던 건가?'

한 번도 없었던 일이니 스스로 믿기가 힘들어지는 것.

그런데 여기에 아빠마저 별일 아닌 것처럼 여기니 자기 혼자 신경 쓸 일이 아니란 판단이다.

'그래도 다솔이한테는 조금 미안하네. 내일은 바나나 우유라도 하나 사줄까?'

눈을 감고 이런저런 생각을 하던 중 은창은 곯아떨어졌다.

어쨌든 오늘 하루 빡세게 돌았던 것만은 틀림없었다.

콰앙!

뭐지? 방금 분명 뭔가 소리가 난 것 같은데…….

아니야. 잘못 들었거나 꿈 아닐까?

일어나기 싫은데 그냥 다시 잘까?

"에이씨, 신경 쓰이잖아."

일어날까 말까 고민하던 은창은 신경질을 있는 대로 내며 침대에서 일어났다.

파다닥!

"응?"

파다다다닥!

잠에 취해 있던 신경이 점점 살아나며 뭔가 부드러운 것이 부딪치는 소리와 느낌이 뚜렷해졌다.

"이, 이게 뭐야? 또 이러잖아!"

아닌 게 아니라 은창의 긴 머리카락이 마치 살아 있는 뱀처럼 요동치며 연신 등을 때리고 있다.

은창은 뒤늦게 상황을 깨닫고 온몸이 굳어져 버렸다. 어딘가 깊은 속에서부터 스멀스멀 올라오는 공포.

하지만 그에 못지않게, 아니, 그와는 전혀 상반되는 감정들이 있었다.

뭐라고 설명할 수는 없지만 알 수 없는 확신 같은 것이다.

귀신, 혹은 마귀!

부정할 수 없는 어떤 직관이 은창의 머릿속을 가득 채웠다.

"아빠!"

당장 아버지를 깨우기 위해 소리치며 거실로 나간 은창은
방문 앞에서 우뚝 멈춰 섰다.

"아빠……?"

은창의 아버지 예웅종이 현관 바로 앞에 동상이 된 것처럼
꼼짝하지 않고 서 있다.

그런데 몸에서 풍기는 분위기, 그러니까 위엄이 평소의 예
웅종이라고는 믿을 수 없을 만큼 달랐다.

모습이 너무나 낯설어 도저히 이전의 예웅종처럼 보이지
않았다.

'저건 항마법기(降魔法器)?'

먹줄과 부적 등의 퇴마 도구를 든 채 매서운 눈빛으로 밖을
쳐다보던 예웅종이 갑자기 고개를 돌려 은창을 보고 경망스
럽게 히죽 웃었다.

"아들, 내 말이 맞지?"

미친 듯 요동치는 은창의 머리처럼 예웅종의 긴 머리도 용
틀임을 하고 있었다.

그리고 은창은 예웅종의 말뜻이 뭔지 대번에 알아차렸다.

"그, 그러게. 난 아빠가 하는 말은 다 거짓말인 줄 알았는
데……. 근데 아빠, 내가 안 그래도 아까 내 머리가 흔들렸다
고 얘기했잖아! 기억은 나?"

예웅종이 고개를 갸웃거렸다.

"뭔 소리야? 그런 말을 했나?"

"아후! 진짜 내가 말을 말자."

쿵!

이때 다시 한 번 작은 충격음이 들렸다.

예응종은 현관문 옆에 있는 스위치를 눌러 거실 불을 환하게 켠 뒤 은창에게 먹줄이 감겨 있던 실패를 던졌다.

"이건 왜?"

은창은 무서운 가운데에서도 아빠와 함께 있는 상황이기에 최대한 침착하려고 노렸다.

예응종이 질문에 대답하지 않고 딴소리를 했다.

"일단 잡고나 있어. 옹겁사(甕劫絲)는 아빠가 칠 테니까."

먹줄 끝을 잡고 길게 뺀 예응종은 벽 옆에 줄을 대고 손끝으로 가볍게 튕기기 시작했다.

팽!

팽팽팽!

한 번으로 끝내지 않고 끊임없이 먹줄을 풀어내며 줄이 잔뜩 머금고 있던 먹물을 온 벽에 바둑판처럼 칠했다.

그 일을 끝낸 예응종은 가지고 있던 부적 꾸러미에서 부적을 한 장씩 꺼내 빠른 속도로 사방 벽에 붙여 나갔다.

거기서 끝내지 않고 예응종은 처음 겪는 실전에 자신 역시 당황하면서도 커다란 먹물 통을 꺼내 대붓을 적시고 바닥에 뭔가 복잡한 모양을 그려내기 시작하였다.

"항마결계? 나도 도울게!"

은창도 자신의 붓을 꺼내어 예웅종을 도왔다.

어릴 때부터 도화지나 땅바닥 위에 수도 없이 그렸던 것이라 눈을 감고도 그릴 정도로 익숙한 문양들이다.

은창이 돕자 쉬우면서도 강력한 위력을 자랑하는 항마결계가 완성되었다.

진법이 완성된 뒤 예웅종은 상기된 얼굴과 잔뜩 긴장한 눈빛으로 손가락을 들어 올렸다.

약지를 입으로 꽉 깨물어 피를 낸 뒤, 그중 한 방울의 핏물을 진법의 정 가운데로 떨어뜨렸다.

똑!

핏방울이 지면과 충돌하며 동심원을 그리면서 낮게 퍼졌다.

단 한 방울의 핏물, 그런데 상식적으로 받아들일 수 없는 일이 벌어지기 시작했다.

핏방울이 마치 살아 있는 생물처럼 움직였다.

스아아앗!

고작 한 방울의 핏물이 진법이 그려진 하나의 선을 따라서 스르륵 움직이더니 두 갈래로 나뉘는 지점에서 똑같은 크기로 나뉘어 움직이고, 다시 또 나뉘고 나뉘면서 결국 수십, 수

백 개의 지류가 되어 진법 전체를 뒤덮어갔다.

핏물이 지나간 자리는 검은 먹물이 붉은 빛으로 변했으며, 그 붉은색이 진법을 가득 채우는 순간,

강렬하게 뿜어지는 빛에 은창은 황급히 손을 들어 올려 눈을 가려야만 했다.

"진법이… 진짜 됐다!"

자신이 펼치고도 예웅종은 흥분해 소리쳤다.

놀람과 감격이 뒤섞인 얼굴이다.

그리고 은창은 아버지가 울고 있는 것을 난생처음 목격할 수 있었다.

"것 봐라, 이놈들아! 나 진짜 퇴마사다!"

감격한 눈빛으로 소리치다 은창과 눈이 마주친 예웅종.

헛기침을 하며 얼른 눈가를 훔친 예웅종이 말했다.

"큼! 아들, 우리 로또 맞았다. 미녀들과 귀신 탐험대~ 이제 공중파로 가는 거다!"

"아, 진짜! 이 상황에 그런 말이……."

감동이 확 깬 은창이 혀를 차며 말하는 순간, 다시 한 번 꽝 하는 소리가 났다.

비록 퇴마사지만 진짜 퇴마는 단 한 번도 경험해 본 적도, 진짜 마귀를 눈으로 본 적도 없는 부자는 깜짝 놀라 솜털이 바짝 섰다.

"아, 아빠, 지금 이 소리 뭐야?"

"나도 모르지, 인마! 아, 아니지. 그래, 처음 들렸던 소리가 외부 결계가 뚫리는 소리였다면 지금은 내부 결계가……. 그, 그럼 지금 놈은?"

쾅광!

파지지지지직!

먹칠을 한 벽과 바닥의 진법이 뒤흔들리며 스파크와 굉음이 더욱 거세지기 시작했다.

더불어 머릿속이 새하얗게 변한 정도로 소름 끼치는 기운이 바닥에서부터 스멀스멀 기어 올라와 은창 부자의 전신을 휘감았다.

"이, 이럴 수가!"

예응종이 중얼거린 순간, 다시 한 번 커다란 충격이 집안 전체를 덮쳤다.

쾅과광!

파즈즈즈즥!

진법의 형상이 곧 뭉개질 것처럼 흐려지고, 벽에 붙은 부적들은 저절로 불이 붙어 재로 변하였다.

"아, 아빠!"

은창이 당황해 예응종을 쳐다봤다.

귀행평전에 이르길 항마결계는 절대 그 어떤 요귀도 침범

할 수 없다고 기록돼 있기 때문이다.

예응종이 당황해 더듬거렸다.

"이, 이런! 돈 좀 아끼려고 경면주사에 빨강 물감을 섞었더니 불량이 났나 보다."

"…에엑?"

은창이 기가 막혀 예응종을 쳐다봤다. 순간 굳건하던 예응종의 몸이 휘청거리며 신음을 흘렸다.

"윽?"

"아빠?"

다시 부르며 어깨를 짚으니,

"왁!"

예응종이 허리를 앞으로 구부리며 피를 한 움큼 토해냈다.

그러면서 바닥에 그려진 진법의 붉은 빛이 옅어진 것을 확인한 예응종의 눈빛이 확 바뀌었다.

"아들!"

"아빠? 괜찮아? 그 피는 뭐야?"

당황한 은창의 어깨를 예응종이 아플 정도로 꽉 쥐고 소리쳤다.

"내 말 잘 들어! 지금 당장 네 형과 누나를 데려와! 놈은 정면 쪽에서 오니 뒷문은 안전해!"

형과 누나를 데려오라고?

두 사람은 집에서 한참이나 멀리 떨어진 곳에 산다.

지하철도 버스도 끊긴 지금 은창 혼자서 갈 수 있을 만한 곳이 아니다.

차라리 전화를 할까 생각해 보니 전화를 한다고 형과 누나가 받을 리가 없다.

집이라면 진저리를 치고 떠나 버렸으니.

"당장 가!"

예응종의 다급한 목소리. 은창이 소리쳤다.

"싫어! 아빠랑 같이 있을래!"

예응종이 얼굴 표정을 굳혔다.

괴로운 표정을 지우려 애쓰며 다시 뭐라 입을 열려 할 때 다시 한 번 진법에 충격이 가해졌다.

꽈아아앙!

파지직!

굉음은 더욱 커졌지만 진법에서 일어난 스파크와 빛은 전보다 훨씬 줄어들었다. 벽에 칠해둔 먹물 역시 그새 말라비틀어져 가루로 변해 흩날리기 시작했다.

"컥!"

결계의 가운데서 핵이 되어 있던 예응종이 시꺼먼 피를 다시 한 번 토해냈다.

"아빠!"

비틀거리는 자신을 부축하고자 하는 은창의 손을 거칠게 뿌리치며 예응종이 소리쳤다.

"가! 어서 가! 이 빌어먹을 아들놈아!"

예응종이 온 힘을 다해 소리치자 은창도 더는 아버지의 말을 안 들을 수가 없었다.

아버지의 두 눈에서 뿜어지는 절박함과 확신, 반드시 따를 수밖에 없도록 종용하는 그 눈빛을 은창은 거역할 수가 없었다.

은창이 뒷걸음을 치다가 이내 등을 돌렸다.

있는 힘껏 뛰기 시작한 은창.

"절대 뒤돌아보지 마! 형과 누나를 데리고 오기 전엔 절대 이곳에 얼씬거리지도 마! 어기면 넌 내 아들이 아냐!"

정신없이 내달리던 은창은 등 뒤에서 들려오는 고함 소리에 그만 왈칵 눈물을 쏟아냈다.

소매로 눈가를 훔치며 은창은 뒷문을 열었고, 그 순간 여태까지와는 차원이 다른 엄청난 충격이 집 전체를 덮쳤다.

아빠의 당부를 잊고 은창의 고개가 뒤로 돌아갔다.

정체를 알 수 없는, 그리고 끝이 보이지 않는 시꺼먼 무언가에 휩쓸리는 아빠의 모습.

그 순간 아빠의 표정과 눈빛이 말했다.

'걱정 마라, 아들. 이 아비는 세상 모든 미녀를 꾀기 전엔

절대 죽지 않아.'

분명 아버지는 그렇게 말하는 것 같았다.

그 찰나와도 같은 순간 예응종은 은창을 향해 엄지를 추켜 세우며 익살맞은 표정으로 윙크를 날렸다.

"이익! 망할 아빠!"

그렇게 소리치며 뒷문을 박차고 뛰쳐나온 은창의 눈에서 봇물처럼 눈물이 터져 나왔다.

은창은 눈물이 앞을 가려 희뿌옇게 된 시야로 핸드폰을 꺼 내 봤다.

핸드폰 첫 화면에 떠 있는 미리보기 메시지.

꽃미녀무술가 : 너 죽여 버릴 거야, 예은창!!@#$@%#@#

"에, 에이씨. 망할 지지배."

다시 한 번 소매로 눈물을 훔치며 은창은 벌벌 떨리는 손으로 전화번호를 뒤져 형에게 전화를 걸었다.

하지만 받지 않았다.

다급하게 다시 번호를 찾아 누나에게 전화를 했지만 이번엔 아예 핸드폰이 꺼져 있었다.

"젠장! 좀 받으라고, 이 망할 것들아!"

은창은 집 나간 형과 누나를 원망하며 목구멍이 찢어질 정도로 소리쳤지만 변한 것은 없었다.

콰콰콰콰쾅!

순간 은창의 귓가로 전파는 비교할 수도 없을 정도로 커다란 굉음이 들려왔다.

"아, 아빠!"

* * *

'빨리… 더 빨리……!'

은창은 심장이 터질 것처럼 숨이 가빠왔지만 이를 악물었다.

'제기랄! 빌어먹을! 젠장!'

택시나 하다못해 지하철이라도 이용할 수 있다면 벌써 도착했을 거다. 하지만 시간도 새벽인데다 급히 집을 탈출하느라 천 원짜리 한 장도 없었다.

은창은 마귀한테 습격을 당한 아빠의 생사가 불분명한 판국에 대중교통 때문에 발목이 붙잡힌 이 상황이 너무나 어처구니가 없고 기가 막혔다.

"으윽!"

한참 달려가던 은창이 머리를 붙잡고 비틀거렸다.

갑자기 시야가 이상해졌기 때문이다.

멀어서 보이지 않는 교통 표지판의 글자가 망원렌즈로 보는 것처럼 가까워졌다가 반대로 갑자기 몸이 뒤로 수백 미터 밀려난 것처럼 아득해지는 현상이 느닷없이 벌어져 어지럼증이 밀려들었다.

"눈, 눈이……."

은창은 길가의 가로수를 붙잡은 채 힘주어 눈을 깜빡거렸다.

빠아아아아앙—!

"악!"

은창은 수천 개의 경적 소리가 바로 앞에서 터진 것 같은 소음에 귀를 막고 주저앉았다.

주변엔 지나가는 차도 없었다. 하지만 은창의 눈은 반사적으로 무려 도로의 네 블록 앞의 교차로를 쳐다보고 있었다.

어림잡아도 1키로는 넘는 거리. 경적을 울린 차는 그곳에 있었다.

"이게 무슨?"

은창은 귀를 막은 채 혼란스러운 표정을 지었다. 하지만 그것은 시작에 불과했다.

—미안, 여보. 오늘 회식이 있어서 늦었네. 야, 그쪽 멀티막아! 병신아! 김영진 씨! 이게 어떻게 된 건가. 정산이 안 맞잖아! 죄송합니다. 이거 얼마에요? 예, 7500원입니다, 손님.

아저씨, 목동으로 가주세요. 아줌마, 여기 밥 좀 볶아줘요! 그리고 소주도. 오빠, 나 심심해. 놀아줘. 야, 지금이 몇 신데 전화냐? 아아! 난데 3동에 만취한 취객 난동 신고가 들어왔으니까 2호차가 그쪽으로 가보라구. 예, 알겠습니다.

"으아아―!"

아무도 없는 한적한 길거리에서 온갖 소리가 마구 달려드는 고통에 은창은 비명을 내질렀다.

하나하나의 소리가 스피커의 볼륨을 최대치로 올린 듯 청력의 한계를 벗어난 큰 음파였다.

비틀거리며 일어선 은창이 방향 감각을 잃고 도로에서 벗어나 공사 중인 건물 쪽으로 방향을 틀었다.

쩡―!

발을 앞으로 내디딘 순간 은창의 발아래 두꺼운 대리석이 쇠망치로 두들긴 것처럼 쫘악 금이 갔다.

순간 은창의 몸이 무려 3미터나 공중으로 뛰어올랐다.

"으아악!"

은창은 눈이 튀어나올 정도로 놀랐다. 하지만 비명이 채 끝나기도 전에 공중으로 날아오른 몸은 무려 가로수 두 개의 거리를 건너 바닥에 착지했다.

툭! 투툭! 투투툭! 툭!

"……!"

이번에는 무언가 끊어지고 터지는 것 같은 미세한 소음이 은창의 귀를 통해 전해져 왔다. 하지만 이내 그것이 착각이라는 것을 깨달았다.

귀로 들리는 것이 아니라 몸속에서 일어나는 현상이었다.

'으윽! 뭐야? 대체 무슨 일이 일어나고 있는 거야? 모, 몸이…….'

은창은 머리의 혼란스러움과 몸에서 일어나는 이상한 현상에 왈칵 두려움이 몰려왔다.

'설마 마귀가 쫓아온 걸까?'

머릿속은 두려움 속에서도 생각을 했지만 몸은 제멋대로 움직였다.

보통 사람처럼 몇 발짝 걷다가 갑자기 붕 떠올라 몇 미터를 나아가고 시야와 청력은 감각을 마비시킨 지 오래였다.

쿠다탕!

공사장 안으로 들어온 은창은 발치에 채인 공사 자재에 걸려 바닥에 쓰러졌다.

"아윽!"

은창이 온몸으로 고통을 느끼며 신음을 지르는 찰나,

우르르르릉!

갑자기 온몸에서 천둥벼락이 치는 것 같은 환청이 들려왔다.

투둑! 투둑!

그리고 은창의 손과 얼굴의 피부 위로 힘줄이 불거져 나오더니 이내 옷이 부풀어 오르며 찢어질 정도로 온몸의 근육이 비정상적으로 생겨났다.

투— 학!

"으아아악!"

전신이 찢어질 것 같은 고통에 눈이 찢어질 듯 부릅뜨며 비명을 지르는 순간 은창의 몸이 벌떡 일어섰다.

"아아아아악!"

덜덜덜덜—!

비명을 지르는 은창의 음파에 주변의 대기가 열탕처럼 끓어오르며 공사장 안의 무거운 자재들이 지진이 난 것처럼 마구 들썩였다.

은창은 너무나 괴로워 이대로 죽을 것만 같았다.

"으으윽! 아… 빠……."

콰르르르릉!

이번엔 진짜로 천둥벼락이 하늘에서 번쩍였다. 그리고 거짓말처럼 어둠보다 더 어두운 먹장구름이 도심을 뒤덮으며 은창이 있는 곳으로 몰려왔다.

우르르릉! 콰쾅!

하늘이 번쩍이며 벼락이 어두운 하늘을 갈랐다.

은창은 정신이 아득해지고 귀가 멍해지면서 몸의 모든 감
각이 사라지는 착각에 빠졌다.

그리고 동시에 은창의 몸이 지면에서 저절로 1미터 정도
떠올랐다.

그때, 은창의 눈은 거의 검은 동공이 뒤로 넘어가고 흰자위
만 남더니 입이 벌어지고 양팔은 좌우에서 무언가 잡아당기
듯 활짝 펼쳐졌다.

하늘이 열리고 땅을 쌓아 올리니 인간으로 하여금 새 세상
을 열리라.

의식의 깊숙한 곳으로 들어간 은창은 누군가 말해주듯, 혹
은 머릿속에 떠오른 듯 갑자기 찾아온 그 말이 낯설지 않았
다.

'이건 금양보력……'

어릴 때부터 구구단보다도 더 열심에 입에 달고 살았던 금
양보력을 수련하는 법문.

심연에 잠든 지혜와
녹야에 은둔한 권능
고난에 봉인된 용맹

겹화에 묶인 부동심

은창은 뒤를 잇는 마지막 구결을 함께 읊었다.

'…부정한 이가 세상을 어지럽히니 존재함을 버리고 헌신한 힘이여, 금양의 이름으로 부르노니 돌아오라.'

순간 은창의 눈과 입에서 눈부신 금빛 광채가 뿜어져 나와 하늘로 치솟았다.

그리고 은창의 몸도 그 눈부신 빛 속에 삼켜졌다.

Chapter 04

삼 남매의 속사정

"으윽!"

은창은 깨질 것 같은 두통에 머리를 싸매며 눈을 떴다.

"엇?"

눈을 뜨자마자 은창은 놀라 소리쳤다.

"뭐야? 여기가 어디야?"

은창이 황당한 표정으로 낯선 곳을 두리번거렸다.

'내가 왜 여기 있지? 뭐가 어떻게 된 거야?'

은창은 집에서 탈출한 후 정신없이 달려왔던 것까지는 기억이 선명했지만 어째서 이런 곳에서 뻗어버렸는지 아무리 생각해도 이유를 알 수가 없었다.

"대체… 아니, 이러고 있을 때가……."

뭐가 어찌 됐건 지금 중요한 건 아니었다.

'우선 형 먼저 찾자. 이건 나중에 생각하고.'

기억 속의 형이 살던 곳을 찾았지만 쉽지 않았다.

하긴 그도 그럴 것이, 몇 년 전 딱 한 번 와본 길이기 때문이다.

그렇게 같은 곳을 네 번이나 돌고 짜증이 머리끝까지 닿아 입에서 절로 욕이 튀어나올 때에야 형이 살던 자취방을 찾을 수 있었다.

역에서도 가장 멀리 떨어진 곳, 그것도 들어가는 길이 가파르고 험하기 그지없는 곳에 위치한 다 쓸어져 가는 연립이다.

형은 그 연립에서도 반지하에 살았다.

꽝꽝꽝!

"형! 형 있어? 문 열어봐!"

녹슨 현관문을 한참이나 두드렸을 때 안쪽에서 각이 잘 잡힌 목소리와 함께 문틈이 살짝 열렸다.

"뭔가?"

짧게 잘린 머리에 뿔테안경, 이지적이고 샤프하게 느껴지는 형 예은수의 얼굴이 문틈으로 드러났다.

살면서 수도 없이 '나랑 형은 분명 같은 유전자를 섞어서 만들어졌는데 왜 나만 이래!' 하고 원망했을 정도로 잘생긴 얼굴.

그 얼굴이 문과 기둥 사이를 연결한 안전 고리 위에 살짝 걸려 있다.

몇 년 만에 보지만 전혀 변하지 않은 모습이다.

집에서 입는 반바지에도 칼 같은 주름이 잡혀 있고, 락스에 막 담갔다 뺀 것 같은 새하얀 면티를 입은 형 은수.

군대 갔다가 그날로 말뚝 박아 직업 군인이 된 형은 태어날 때부터 그렇게 정해진 운명처럼 정말 성격과 딱 맞는 직업이라고 생각했다.

은수는 날카로운 눈으로 은창과 그 뒤편을 살폈다.

"꼰대도 함께 왔나?"

은창은 울컥했다.

아버지가 자신을 위해 희생했음을, 그 의미를 차츰 깨닫고 있는 중에 들은 소리였기 때문이다.

"혼자 왔으니까 빨리 문 열어! 급해!"

하지만 은수는 쉽게 문을 열지 않고 은창을 아래위로 훑어보고 말했다.

"오늘 토요일인가?"

"아니."

"그럼 일요일인가?"

"수요일이잖아!"

"학교 가도록. 시답잖은 사기질은 필요 없지만 공부는 학생의 본분이다."

꽝!

은수는 찬 기운을 풀풀 풍기며 문을 닫아버렸다.

"아이씨, 열라니까! 지금 아빠가 위험하다고!"

다시 한 번 현관문이 살짝 열리고 은수가 고개를 내밀었다.

"무슨 말인가?"

집 안에 들어가서 할 말이지만 어쩔 수 없다고 생각한 은창이 소리쳤다.

"마귀가 나타났단 말이야! 항마결계도 제대로 작동되고 내 머리카락도 혼자서 움직인다고! 게다가 아빠는 지금……."

딱 거기까지 들은 은수는 얼음을 뿌려놓은 것 같은 눈빛으로 문을 닫아버렸다.

쾅!

다시 한 번 닫혀 버린 문, 그 너머에서 은수의 목소리가 들려왔다.

"빌어먹을 꼰대가 애를 버려놨군. 정신 차려! 그런 게 있을 리 없잖나! 사기꾼 꼰대."

그 순간,

"끝까지 들으란 말이야!"

화가 치민 은창이 버럭 소리치며 현관문을 향해 있는 힘껏 주먹을 날렸다.

콰광!

"……!"

그 순간 은창도 은수도 돌덩이처럼 굳어버렸다.

대포를 맞은 것처럼 찢겨져 나간 채 뻥 뚫린 철문.

그 사이로 은창과 은수의 눈이 마주쳤다.

조금 전까지만 해도 씩씩거리던 은창은 자신이 만들어낸 믿을 수 없는 결과물에 넋이 나간 얼굴이다.

아무리 낡은 집이고 오래된 현관문이라고 해도 주먹질 한 방에 뚫린다는 것은 말이 되지 않는 일이다.

"어어어……?"

당황해 더듬거리는 은창, 형인 예은수 역시 구멍이 뚫린 철문의 두께를 한참 동안이나 쳐다봤다.

그리고 말했다.

"제요벽이군."

"형……."

"그것도 제대로 된 진짜 제요벽."

결국엔 열린 문으로 은창이 들어왔고, 둘은 서로를 마주 본 채 설 수 있었다.

"금양보력을… 끌어올린 거겠지?"

은수의 물음.

은창 역시 적잖이 놀란 상태였고, 대체 어찌 된 일인지 제대로 알 수 없었다.

그럼에도 한 가지만은 확신할 수 있었다.

은창은 손을 들어 입구 옆에 놓인 신발장을 움켜쥐었다.

쯔어어억!

원목으로 만들어진 신발장 모서리가 그대로 뜯겨져 은창의 손아귀 안에서 바스라 졌다.

"이런 게… 가능해져 버렸네. 진짜 금양보력이야."

의식적으로 처음 펼쳐본 힘에 은창 역시 충분히 당황한 상태였다.

그걸 지켜보던 은수의 눈가가 묘하게 일그러졌다.

더없이 차가워 보이기만 하던 은수의 눈가가 살짝 떨리기 시작했다.

자신이 부정하고 도망쳤던 것의 실체를 확인하게 된 순간 적잖은 혼란이 찾아든 것이다.

그러다 은수의 눈이 빛났다.

뜯겨져 나간 신발장 모서리를 새삼 본 은수의 눈빛이 얼음 광선을 뿜을 것처럼 서늘하게 변했다.

딱!

은수의 주먹이 은창을 후려쳤다.

"이 새끼가, 멀쩡한 걸 왜 부숴!"

"악! 아프잖아! 아니, 말로만 하면 제대로 듣겠어? 지금 급하단 말이야!"

"문짝 부순 걸로 충분하단 말이다!"

"……."

"그러니까 자초지종을 제대로 보고해라. 육하원칙에 따라."

처음엔 들은 척도 안 하던 은수의 태도가 변해도 갑자기 확변하자 은창은 분통이 터지려 했다.

"마귀 같은 게 집에 쳐들어왔어. 그때 아빠가 진짜 결계를 쳤단 말이야. 그런데 마귀가 그걸 모조리 부수고 아빠랑 내가 직접 만든 항마결계까지 박살 내서……. 아빠는 그때… 아빠는……."

"꼰대가 어쨌나?"

"너무 위험해서… 워낙 강력한 마귀라서… 날 도망치게 하려고 형이랑 누나를 찾아 데려오라고 하며 집밖으로 떠밀었단 말이야!"

찔러도 피 한 방울 나오지 않을 것 같던 은수의 표정이 굳어지며 입술을 파르르 떨었다.

순간 은수가 현관 옆에 놓여 있는 가방을 어깨에 걸치며 말했다.

"뭐하나? 서두르도록!"

"엉?"

"꼰대한테 가봐야 할 것 아니냐!"

"우, 우리 둘이는 안 돼! 아빠가 반드시 형, 누나랑 같이 오라고 했어."

당장이라도 집으로 뛰어가고 싶지만, 아버지 예웅종의 목소리와 눈빛이 너무나 선명했다.

은수는 고개를 끄덕였다.

"알았다. 소영이는 지금 강남 산다. 소영이를 데리고 집으로 간다. 알겠나?"

"웅! 근데 그 말투는 꼭 그렇게 써야 해?"

은창의 말에 은수가 칼 같은 목소리로 대꾸했다.

"명확한 지휘 소통과 엄격한 상명하복이 조직을 튼튼히 한다!"

"……."

*   *   *

이제 스물두 살이 된 새내기 대학생 예소영이 사는 곳은 강남구 삼성동의 고급 빌라 촌이었다.

"형, 누나가 이런 데 살아? 무슨 돈으로 이런 데서 사는 거야?"

"걘 여우다. 너는 몰라도 된다."

방금 전까지 동생과 함께 자신의 빈궁하기 그지없는 자취방에 있던 은수는 적잖이 자존심이 많이 상한 얼굴이다.

빌라 입구부터 카드 키를 통해서 인증 받고 들어가는 식인지라 두 사람은 한참이나 문 앞에 머물러야 했다.

아무리 인터폰으로 호출하고 전화를 걸어도 답이 없었기 때문이다.

그때 누군가 현관 문밖으로 나왔다.

아이를 유치원에 보내려고 나오던 젊은 여자가 두 사람을 보고 흠칫한 사이 둘은 현관을 부리나케 통과했다.

그렇게 빌라 안으로 들어왔지만 정작 두 사람의 발걸음은 다시 멈춰야 했다.

엘리베이터 역시 카드 키가 있어야 타고 내릴 수 있었기 때문이다.

당황한 두 사람 뒤편으로 조금 전 나갔던 여자가 나타났다.

잔뜩 경계하는 눈으로 엘리베이터 앞에서 서성거리는 두 사람을 바라보는 여자.

"크음, 동생이 여기……."

"흠흠, 누나가 여기……."

그런 우여곡절을 겪고 소영이 사는 5층에서 내릴 수 있었던 두 사람.

띵동!

한 번 눌러서 대답할 거란 생각은 하지 않았기에 계속해서 벨을 눌렀다.

띵동, 띵동!

띵동, 띵동, 띵동, 띵동, 띵동!

쾅쾅쾅!

"누나! 문 열어! 아빠가 위험하단 말이야! 빨리!"

문을 두드리고 복도가 터져 나가라 소리까지 쳤지만 대답은 없었다.

시각은 아침 9시.

"누나가 절대 밖에 있을 리 없어. 분명 자고 있을 거야. 아이씨, 진짜! 전화해도 안 받고."

발을 동동 구르며 울상이 되어버린 은창. 그 순간 은수가 고개를 갸웃거리더니 손잡이를 잡았다.

끼이익!

'설마?'

은창이 황당한 눈으로 쳐다보는 사이 문이 너무나 쉽게 열려 버렸다.

문은 처음부터 열려 있었던 것이다.

"기가 막혀서! 다 큰 처녀가 문단속을 이따위로 하고……."

화가 치밀어 오른 은창이 중얼거리며 안으로 들어갔다. 하지만 은수는 문고리를 잡고 여전히 밖에 서 있었다.

은창은 그런 형의 마음을 충분히 이해했다. 아울러 누나와 형이 절대 섞일 수 없는 관계라는 것을 충분히 알고 있다.

예상했던 대로 집 안 꼴은 엉망이었다.

대체 얼마 동안이나 청소를 하지 않은 것인지 쓰레기더미로 현관 입구부터 쫘악 도배가 되어 있었다.

그 순간 바깥쪽의 은수는 코까지 손으로 막으며 눈살을 찌푸렸다.

"더러운 년. 나이를 처먹어도 돼지처럼 사는 건 똑같구나. 대체 어떻게 이런 게 내 동생이란 말인가?"

결벽증 증세까지 있는 은수에게 소영의 집은 절대 들어가기 싫은 지옥이요, 마계와 다름없었다.

그때 은창이 소영의 방문을 열고 뛰어들어갔다.

"누나! 헉?"

방문을 열자 보이는 광경에 소리치던 은창마저 경악해야 했다.

소주와 맥주 빈병이 가득 깔린 방 안.

빈병이 없는 곳은 방문에서부터 침대까지의 좁은 길과 지금 소영이 마치 드라큘라 관처럼 차렷 자세로 자고 있는 매트

리스, 딱 그뿐이었다.

"이, 이건 진짜 너무하네. 집에 있을 때보다도 더 더럽잖아. 누나!"

방 안에서 있는 힘껏 소리치자 그때서야 소영이 눈을 떴다.

"어머, 이게 누구야? 우리 귀여운 동생?"

"으, 정신 차려. 아빠가……."

'아빠' 란 말이 나오자마자 눈을 번쩍 뜬 소영이 번개 같은 동작으로 침대에 걸터앉았다.

"너 설마 변태 영감이랑 같이 왔냐?"

은수와 다르지 않은 반응에 어느덧 누나의 침대 바로 앞까지 당도한 은창이 한숨을 푹 쉬었다.

"그건 아니야. 그게 아니라……."

은창의 말에 안심한 소영은 나른한 웃음과 함께 은창의 얼굴을 가슴으로 안았다.

"그럼 됐네. 우리 귀여운 동생, 오랜만이니까 누나가 안아줄게."

"으윽!"

벗어나고자 발버둥치는 은창에게 소영이 말한다.

"후후, 숨 막히니?"

은창은 무미건조한 목소리로 음의 고조 없이 대답했다.

"아니. 껌딱지라 딱딱해서 아파."

"……."

"그래도 절벽이었는데 그나마 어떻게 여자 티가 나긴 나네?"

"이 대가리에 피도 안 마르는 새끼가!"

소영의 입에서 그녀의 예쁜 얼굴이나 몸매와 전혀 안 어울리는 거친 욕설이 터져 나왔다.

쫙—! 쫙쫙쫙!

"으아아악!"

오랜만에 맛보는 누나의 풀 파워 손바닥 스윙에 은창이 비명을 질렀다.

손바닥 자국이 순식간에 부풀어 오르는 등판, 은창은 몸부림쳤다.

"감히 누나한테 껌딱지? 이런 개자식, 허리뼈 쫙 뽑아서 골수를 쪽 하고 빨아 먹을라!"

"알았어. 미안해. 미안하다구!"

하지만 그 후로도 다섯 대를 더 때리고 나서야 소영은 은창을 풀어줬다.

"그런데 진짜 무슨 일이야?"

왕건이 눈곱을 손으로 비벼 떼며 묻는 소영의 말에 은창은 그제야 제정신을 차릴 수 있었다.

간만에 마주한 누나의 더러움과 뒤가 없는 폭행에 깜빡 잊었던 거다.

"아빠가 위험해. 형도 같이 왔어. 지금 당장 집으로 가야
돼!"

소영은 비록 더럽지만 분명 예쁘다.

어지간한 미녀 연예인도 명함조차 못 내밀 정도이다. 그녀
는 찡그린 얼굴도 아름답다는 말을 스스로 표현해 주겠다는
듯 눈살을 찌푸리며 건성으로 말했다.

"위험해? 누가? 변태 씨가?"

"그렇다니까!"

"너 지금 누나랑 장난치러 여기까지 온 거야? 그 바퀴벌레
보다 생존력 강하고 자신을 위해서는 자식이 뭘 먹고 입든 신
경도 안 쓰는 이기주의자가 왜 위험해?"

"강력한 마귀가 집으로 쳐들어왔어. 아빠는 집을 지키면서
나한테 형이랑 누나를 불러오라 하셨다고!"

마귀.

퇴마사에 관련한 말이 나오자마자 소영의 표정이 싹 변했
다.

"꺼져!"

"후우……."

한숨부터 나오는 은창이다.

"일단은 누나도 이걸 봐야 되겠다."

은창은 소영의 방 벽을 주먹으로 후려치려고 했다. 하지만
다행히 그럴 필요까진 없었다.

"일단 가자. 아무리 변태 영감에 무책임해도 아빠가 오라
는데 가긴 가야지."

"어?"

일어난 소영이 아무렇지도 않게 반바지를 벗었다.

흔히 말하는 꿀벅지라고 불리는 하체 라인이 갑자기 은창
앞에 나타났다.

누나가 느닷없이 팬티 차림을 하자 은창이 깜짝 놀라 얼굴
을 붉히며 시선을 돌렸다.

"어머, 애 좀 봐라. 이제 좀 컸다고 누나보고 부끄러워하
네? 어렸을 때는 같이 목욕도 하고 빤스만 입고 돌아다녔으면
서."

"그, 그게 언젠데! 보기 흉하니까 제발 그러지 마! 아니, 그
보다 누나는 내 말을 믿는 거야?"

"뭘? 마귀?"

"응!"

"글쎄, 어떨까?"

그렇게 말하고 소영이 씨익 웃었다.

은창이 살짝 곁눈질을 해서 그 웃음을 봤을 때는 이미 그녀
가 외출복으로 갈아입은 상태였다.

'어? 벌써?

은창이 고개를 갸웃거리는 그때 소영이 배를 문질렀다.

"과음했나? 속이 안 좋네. 꺼억!"

트림과 함께 지독한 술 냄새가 방 안을 가득 메웠다.

"으윽, 더러워!"

"이게? 동생아, 누나 같은 미녀의 입에서 나온 건 뭐든지 향기로운 법이야. 호호!"

은창이 와락 인상을 구기는 순간 소영이 떡 진 머리를 빗으로 쓱쓱 문질렀다.

그것만으로도 방금 머리를 감고 에센스까지 한 찰랑거리는 머리가 되어버렸다.

하얀색 핫팬츠, 허리 라인이 도드라진 회색 티, 거기에 붉은색 체크 남방을 단추 하나만 채워 걸친 예소영은 그야말로 마법에 가까운 변신을 순식간에 끝내 버렸다.

'이건 뭐, 변신이네 변신.'

누나라곤 하지만 이해가 안 되는 생물로 보였다. 지금 예소영은 그야말로 눈부시게 아름다웠다.

"가자! 없는 셈 치고 사는 거랑 진짜로 아버지가 사라지는 건 다르니까. 변태 늙은인 이 누나가 구해줄게."

*　　　*　　　*

은수와 소영은 가끔 연락하며 지냈다.

물론 친하게 지내지는 않았다. 어릴 때부터 둘은 도저히 섞일 수 없을 정도로 다른 존재였기 때문이다.

여하튼 세 남매가 한자리에 모인 것은 정말 오랜만이었다.

"…박살 났네."

"야, 네가 떠날 때도 이랬어?"

은창과 소영이 한마디씩 했고, 은수는 아무런 말도 없이 그저 입술만 깨물었다.

스물넷 은수의 눈동자에는 차가운 분노의 감정이 일렁이고 있었지만 소영은 의외로 차분한 모습이다.

"아, 아냐. 집이 막 흔들리긴 했는데 이 정도는 아니었어."

지금 그들 앞에 있는 폐허.

곳곳이 불탄 듯 재가 되어 있고, 수십 발의 미사일 폭격을 맞은 것처럼 구덩이까지 파여 있다.

예전엔 삼 남매와 아버지가 살았던 집.

비록 집이 싫어, 퇴마사라는 우스꽝스러운 가업이 싫어 도망친 은수와 소영이지만 집에 관한 추억이 없는 것은 결코 아니었다.

"마지막에 어디 있었나?"

평소 말을 잘 안 하더라도 짧게 끝내는 은수의 특징이 담긴 물음에 은창은 형과 누나를 안내했다.

"여기 이쪽이야."

비록 알아보기는 힘들었지만 집을 나갈 때까지 살아온 집이기에 아버지가 있었던 거실 한가운데를 찾는 것은 어려운 일이 아니었다.

"으음."

"이건⋯⋯."

"마, 말도 안 돼. 이거 영감⋯ 아빠의 피란 말이야?"

세 사람의 표정이 동시에 어두워졌다.

은창과 소영은 눈시울까지 붉어지려 했다.

집이 있던 자리 가운데에 마치 섬처럼 동그란 형태가 남아 있었다.

다른 곳과 달리 그나마 멀쩡해 보이는 자리다.

그리고 그 위에 번져 있는 핏자국.

세 사람은 핏자국 주변으로 빙 둘러섰다.

은수가 어두운 표정으로 말했다.

"주변부터 뒤진다. 잔해 속까지 다 살피려면 서둘러야 해."

형의 말에 은창이 격렬하게 반응했다.

"무슨 소리야! 아빠를 찾는데 폐허 속을 뒤집자니! 아, 아빠가 깔려 있을 리가 없잖아!"

은창의 목소리가 높아졌다.

폐허 속을 찾아보자는 것, 그건 시체가 된 아빠를 찾자는 말이다.

소영이 은창의 손을 잡았다.

"흥분하지 마. 오빠 말은 단서를 찾자는 거니까. 생존력 하면 지구 최강인 아빠가 그렇게 쉽게 죽겠니? 마음 놔. 앞으로 할 일이 많을 테니까."

은창은 순간 할 말을 잃어버렸다.

감정이 거의 없어 보이는 형 은수나 아버지라면 바퀴벌레보다 더 싫어하던 누나 소영이 지금은 전혀 다르게 느껴졌다.

형도 누나도 분명 동요하고 있다는 느낌이 든 것이다.

그건 자기 이상으로 걱정하고 있다는 의미.

은창이 잡생각을 떨쳐 버렸다.

"응! 찾자. 찾아볼게. 그래, 아빠는 분명 지금쯤 어딘가 술집에서 한잔하고 계실거야. 이렇게 걱정하는 내 마음은 눈곱만큼도 모르고 말이야. 원래 그런 인간이니까."

소영이 은창의 등을 토닥였다.

"더불어 여자까지 끼고서 말이야. 그러니까 인상 구기지 말고, 나쁜 생각하지 말고. 알겠냐, 동생?"

"응!"

그때를 기다렸다는 듯이 들려온 첫째 은수의 목소리.

"그럼 시작하지."

잠시 만들어진 훈훈한 분위기가 확 깨지자 소영이 입을 삐죽였다.

은창은 피식 웃으며 잔해를 치우기 시작하였다.

*　　　*　　　*

"씨이, 망할 새끼. 누군지 몰라도 내가 꼭 죽여 버리고 말거야."

탁자 위에 반쯤 타고 남은 곰 인형과 녹고 그을린 인형의 집을 앞에 둔 소영의 말이다.

곰 인형은 어릴 때 아버지가 사준 것이고, 인형의 집은 어머니가 마지막으로 사 준 선물이다. 처음 따로 나가 살 때, 집에서 급하게 나가느라 미처 챙기지 못했는데 결국 이렇게 되어버린 것이다.

지금 있는 이곳은 원래 가족이 살던 본집에서 조금 떨어진 별채인데, 다행히 그곳은 멀쩡했다.

비록 오래도록 쓰지 않아서 먼지가 가득했지만 약 두 시간 동안 둘이서 열심히 쓸고 닦으니 당분간 머물 정도로는 충분했다.

별채치고는 꽤나 넓었는데, 우선 문 바로 앞에는 고풍스런 벽난로가 있는 널찍한 거실이 있고, 거실 각 귀퉁이마다 세 개의 방과 주방이 있으며, 가장 작은 방 옆에는 화장실이 위치해 있었다.

지금 은창과 소영이 있는 곳은 거실로, 연한 붉은빛 카펫이 바닥에 깔려 있으며 8인용 정도 되는 큰 원형 탁자가 있었다.

구석에 벽을 기대고 앉아 있던 은창은 누나의 충전기를 빌려 이제야 배터리를 충전하기 시작한 핸드폰을 내려다봤다.

처음엔 형과 누나를 빨리 찾아서 데려와야 한다는 생각에 슬픔을 제대로 느낄 새가 없었다.

그랬던 것이 아까 은수, 소영과 함께 잔해를 뒤지던 중에 폭발했다.

아버지의 흔적을 찾으며 대체 몇 십 번을 울고 혹여나 형과 누나에게 들켜 걱정을 끼칠까 낮게 흐느꼈는지 모른다.

그 정도면 감정을 많이 토해낸 것 같은데 아직도 부족한가 보다. 은창은 핸드폰을 켜지 않고 구석에 던져둔 뒤 양팔로 무릎을 끌어안았다.

남매의 분위기는 어두웠다.

아무 말도 하지 않고 10분간의 시간이 더 흘렀을 때, 별채의 문이 열리며 은수가 들어왔다.

은창과 소영이 두 시간 전에 들어와서 쉬고 있는 중에도 은수만은 계속해서 밖을 탐색하고 있었다.

들어선 은수의 표정도 동생들과 크게 다르지 않았다.

굳게 다문 입술과 살짝 찌푸려진 눈살에서 무거운 마음속이 훤히 들여다보였다.

아무리 찾고 추론해 봐도 예응종의 행방은 오리무중.

그것이 지금 세 남매의 분위기를 한없이 무겁게 만들고 있었다.

이때 소영이 오빠와 남동생을 한 차례씩 쳐다보고 한숨을 쉰 뒤 말했다.

"창이 작아서 그런가. 공기가 답답하네. 나가서 시원한 공기나 맛볼까?"

하지만 은창은 고개를 저었다.

"싫어. 누나나 나갔다 와."

소영이 은창의 손을 잡고 끌었다.

"오랜만에 만난 누나가 말하는데 안 들을래? 빨리 나와. 그리고 오빠도."

등을 떠밀리다시피 하여 소영과 함께 밖으로 나온 은수와 은창이었지만, 여전히 그들의 분위기는 바뀌지 않았다.

별채의 문 앞에는 처마가 길게 드리워져 있는데, 그 밑으로 발판과 공간이 테라스처럼 이어져 있어 비 오는 날이나 눈이 오는 날에도 쉴 수 있는 공간이다.

또한 그곳으로 올라가는 5단짜리 나무 계단 양옆에는 청동으로 만든 해태 상 두 개가 세워져 있었다.

처마 밑 발판에 있는 의자 중 가장 오래된 나무 의자에 앉은 은창이 무릎 위에 팔뚝을 올리고 고개를 푹 숙이며 울먹거렸다.

"내가 잘못한 거야. 내가……. 그 바보 아빠가 가란다고 진짜 가는 게 아니었어. 금양보력을 써서 아빠를 도왔으면 됐는데. 그러면 이런 일도 벌어지지 않았을 텐데. 내가 도망쳐서, 그래서… 그래서 이렇게……."

자책하는 은창의 눈꼬리로 물방울이 맺혔다.

그런 은창에게 자책하지 말라며 따끔하게 혼내주려던 은수와 소영의 눈에 무언가 희끄무레 한 것이 휙 날아오르는 것이 보였다.

'뭐지?

'응?

이어지는 통렬한 격타음.

빠악!

그림 같은 날아 차기에 맞아 부웅 허공을 나는 은창의 눈에서 눈물방울이 떨어지더니 더욱 작은 방울로 변해 부서졌다.

타닥.

은창을 날려 버린 하얀 핫팬츠의 숏커트 미소녀가 소리쳤다.

"예은창 이 새끼, 너 죽었어!"

바로 다솔이었다.

*   *   *

"아야야야, 아파라. 이런 망할 지지배. 하여튼 무식해서 손
이 먼저라니까."

"뭐야?"

은창의 말에 발끈한 다솔은 이내 속으로 아차하며 말했다.

"미, 미안. 많이 아팠니? 난 너한테 그런 사정이 있었는지
모르고……."

지금 은수, 소영, 은창, 다솔은 별채 안에 들어와 있는 상태
였다.

은창이 의자에 앉아서 아까 얻어맞은 옆구리를 계속 문질
러 대자 다솔은 앞에 서서 안절부절못했다.

소영은 벽난로 옆에 기대 다솔의 전신을 힐끔힐끔 훔쳐봤
고, 은수는 창밖을 보며 아까 다솔이 보여준 깔끔한 발차기를
떠올리는 중이다.

"그런데 여긴 왜 온 거야? 불난 집에 부채질하러 왔냐?"

그 말에 다솔은 별안간 서운함이 일어나 눈물이 핑 돌았다.

은창이 공부도 제대로 안 하고 꼴통이라 불리지만, 그래도

무단결석은 한 번도 한 적이 없다.

그런 은창이 갑자기 자신에게 연락도 없이 핸드폰도 꺼진 상태로 학교를 안 나와 친구로서 걱정이 돼 하루 종일 신경이 그쪽으로만 향했다.

그래서 학교 끝나자마자 바로 은창의 집까지 달려왔는데.

"나쁜 놈아, 어디 아프거나 무슨 일이 생긴 건 아닐까 해서 야자까지 빼먹고 달려왔더니……."

일단 상황이 상황인 데다가 옆에 은수와 소영까지 있다 보니 다솔도 자두 모양 팬티 이야기는 할 수 없었다.

다솔의 눈가가 새빨개져서 눈물을 뚝뚝 흘리자 은창은 당황했다.

"뭐, 뭐야? 거, 걱정했다니……. 음, 많이 걱정했다면 그건 미안해. 그리고 울지 마. 그렇다고 질질 짜면 내가 미안하잖아."

"뭐얏! 질질 짜? 울어? 내가 언제?"

"우씨. 아니면 다행이고, 이 지지배야!"

"근데 너 앞으로 어떡하냐? 괜찮아?"

다솔의 말에서 걱정이 묻어나왔다.

아까 전, 불탄 은창의 집을 뒤늦게 본 다솔이 깜짝 놀라서 물어볼 때, 사실대로 마귀 이야기를 할 수 없어 은창은 대충 둘러댈 수밖에 없었다.

내용인즉,

은창이 집을 비우고 있던 어제저녁, 예웅종이 담배꽁초를 잘못 버려 집이 불타 버렸으며 창피했는지 아버지가 집을 나가 버렸다는 것이다.

자신이 실수해 집을 홀라당 태워먹고 거기에 가출까지 해버린 가장.

솔직히 이해하기 힘든 일이긴 했지만 다솔은 은창의 급조한 거짓말에 너무나 수월하게 고개를 끄덕였다.

어릴 적부터 봐온 예웅종이라면 충분히 그럴 만하다고 여겼기 때문이다.

어제 자두 이야기도 슬쩍 묻어버리고 자신을 걱정까지 해주는 다솔이 너무나 이상해 은창은 볼을 손가락으로 긁으며 중얼거렸다.

"내일은 해가 서쪽에서 뜨려나. 이 폭력녀가 왜 이래."

"너 지금 뭐랬냐?"

앗, 뜨거 한 은창은 속으로 귀도 밝다고 생각하며 말했다.

"아, 아냐. 아무것도 아냐. 그보다 걱정 안 해도 돼. 누나랑 형이 왔잖아."

바로 이때 소영이 처음으로 다솔에게 말을 걸었다.

"다솔이 너, 오랜만에 본 언니한테 여태 인사도 안 하고 말이야."

소꿉친구이었으니만큼 당연히 다솔도 은수와 소영을 알고 있다.

"앗, 언니! 미안해. 내가 애 때문에 정신이 없어서……."

소영에게 그렇게 말한 뒤 다솔은 곧바로 은수에게도 인사했다.

"은수 오빠, 안녕하세요. 이제 인사드려서 죄송해요."

그러자 은수는 은창에게 한 번도 안 보여줬을 것 같은 웃음을 지어주며 손을 휘휘 저었다.

"괜찮다. 신경 쓰지 마라."

다솔에 대한 미묘한 열등감이 다시금 폭발한 은창은 입을 삐죽이며 속으로 은수를 욕했다.

'하여간 저 인간은 다솔이한테만 친절해.'

그때 소영이 다솔의 손을 양손으로 꼭 잡으며 말했다.

"다솔아, 언니가 정말 고맙다."

"으… 응? 왜, 언니?"

"이렇게 예쁘고 튼튼하게 자라줘서. 언니는 너무 기뻐. 다솔이 넌 어릴 때부터 싹수가 있었다니까."

그렇게 말하며 소영은 몸을 살짝 꼬면서 얼굴을 붉혔다.

지켜보는 은창은 기가 찼다.

'눈동자에서 하트 모양이 튀어나올 것 같군. 누나는 아직도 남자보다 예쁜 여자가 좋은가?'

보통 남자는 잘생긴 남자 연예인과 남자아이돌을 그다지 좋아하지 않는다. 하지만 여자는 좀 달라서 여자가 보기에도 예쁘고 섹시하거나 멋있으면 좋아하기도 한다.

하지만 소영은 그 정도가 심해도 너무나 심했다.

심지어 방에 걸어놓는 브로마이드 같은 것도 원빈이니 현빈이 아니라 김태희, 혹은 이연희였으니까 말이다.

한때는 레즈란 소문도 돌았지만, 울고불고 할 정도로 깊게 사귀던 남자도 있었던 걸 보면 그것도 아닌 것 같다.

어쨌든 지금 소영은 다솔에게 푹 빠진 눈치였다.

"내가 진짜 너 어릴 때부터 알아봤다니까. 넌 분명 예뻐질 거라고 말이야. 아~ 옷을 조금만 더 스타일리시하게 입고 머리도 기르면 더 예쁠 텐데. 아참, 맞아. 다솔이 너 아직도 그 이십사반 무예인가 하니?"

다솔은 어릴 때부터 소영과 친했다.

하지만 오랜만에 만났는데 바로 엄청난 관심을 받으니 다솔은 조금 부담스러운 표정이다.

"으, 응. 아직도. 아빠가 전통 무예 복원회 회장이시고 무예이십사반 전통 계승자란 자부심이 워낙 강하셔서."

"어머, 어머! 진짜? 그럼 넌 지금 어지간한 남자랑 싸워도 다 이길 수 있겠네?"

"물론! 맨손이어도 어설픈 애들은 쉽게 이기고, 무기를 손

에 쥐면 상대가 남자 검도 선수든 그 누구든 안 질 자신이 있
어.”

다솔의 눈빛에는 자신감이 충만했다.

그도 그럴 것이, 어릴 적부터 무예에 대해서는 천재 소리를
밥 먹듯이 들은 그녀이다. 타고난 센스가 워낙에 뛰어나 열일
곱 살 때는 검도 도장 사범을 박살 낸 적도 있을 정도다.

물론 기공을 사용하지 않고서 말이다.

한때는 검도, 혹은 펜싱, 내지는 다른 운동을 해서 앞으로
편하게 살아볼까 하는 마음도 있었지만, 이십사반무예의 전
승자가 구경거리 되는 건 용납 못한다고 하던 아버지의 끔찍
한 사랑의 매에 포기한 다솔이다.

다솔의 자신감을 엿본 소영은 의뭉스런 웃음을 지었다.

그걸 본 은창은 누나에게 무언가 꿍꿍이가 있다는 생각이
들었지만, 자신의 일도 아니고 그게 뭐 큰일일까 싶어서 넘어
갔다.

“그렇구나. 호호, 예쁜데다가 운동도 잘하고… 학교에서
인기가 엄청 많겠네?”

괜히 부끄러워진 다솔은 얼굴을 붉히면서 은창의 눈치를
봤다.

혹시나 했더니 역시나 은창은 구역질을 하는 흉내를 내며
다솔을 놀렸다.

그걸 애써 무시하며 다솔은 손사래를 쳤다.

"아, 아니야, 언니. 인기는 무슨……."

"아니긴 뭐가 아니야. 얼굴뿐만 아니라 몸매도 이렇게 예쁜데. 어디 보자. 흐음……."

소영이 짓궂은 미소를 지으니 다솔은 불안한 표정이 되었다.

"허리는 22쯤 되는 것 같고……."

"으, 응?"

"엉덩이는 34쯤 되려나? 근데 이거 이상한데. 가슴이 이렇게 작을 리가 없는데……."

일단 허리 22에 엉덩이 34만 해도 뭇 남성들이 이상적으로 뽑는 치수보다도 더 비현실적인 몸매다.

창밖을 지켜보던 중에 두 여자의 대화를 어쩔 수 없이 듣게 된 은수가 낮은 헛기침과 함께 별채 밖으로 나가 버렸다.

"어, 언니, 왜 이래! 이러지 마!"

갑자기 자신의 치수를 너무나 정확하게 알아맞히는 소영 때문에 다솔의 얼굴이 홍당무가 되었을 때, 소영은 양손으로 다솔의 이상할 정도로 밋밋한 가슴을 덥석 잡았다.

"꺄악!"

몸에 전류가 흐르는 듯 진저리를 친 다솔이 깜짝 놀라며 뒷걸음질 칠 때, 소영은 눈을 동그랗게 떴다.

"이럴 수가! 설마… 너? 그렇구나!"

멍해진 은창의 시야 속에 소영이 눈에서 뿜어내던 하트가 더욱 커지고, 다솔은 소영의 말을 더 이상 듣기 싫다는 듯 비명을 지르면서 뛰쳐나가 뒤도 돌아보지 않고 자기 집을 향하여 달렸다.

소영은 자신의 손으로 뭔가를 움켜쥐는 흉내를 몇 번이나 내면서 음흉하게 중얼거렸다.

"후후, 더욱더 마음에 드는 걸."

놀란 다솔이 집으로 도망치고, 은창은 마치 폭풍이 왔다가 사라진 기분을 느끼며 바닥에 주저앉았다.

"어휴, 진짜."

하지만 다행인 건 아버지의 행방을 찾을 수가 없어서 한없이 어둡게 가라앉아 있던 세 남매의 분위기가 다솔의 방문으로 많이 풀렸다는 점이다.

Chapter 05

두 번째 습격

"대책 회의를 시작한다. 지금 바로 모이도록."

은창이 일어나서 걸어가는데 소영이 토를 하는 시늉을 하며 말했다.

"으웩! 오빠, 군바리 냄새가 너무 심해. 그 말투 좀 어떻게 하면 안 돼?"

"시끄럽다. 회의 시작이니 지금부터 쓸데없는 잡소리는 금지한다."

"뭐? 잡소리? 죽을래?"

"조직의 서열에서 내가 위다. 반항인가?"

"반항 좋아하네. 가족이 무슨 조직이야?"

"명확한 지휘 소통과 엄격한 상명하복이 조직을 튼튼히 한다!"

"까고 있네. 누가 아들 아니랄까 봐. 이래라저래라 시키는 게 아주 딱 맞지? 물려받은 유전자가 어디 가겠어?"

소영도 보통 성격은 아니다. 물론 오빠를 무서워하고 멀리하긴 하지만, 뚜껑이 제대로 열리면 거칠 것 없이 마구 들이박는다. 그럴 때마다 집이 얼마나 시끄러웠던가!

지금이 그 시기일까, 소영의 얼굴이 벌겋게 달아오르며 눈썹이 가운데로 모아졌다.

두 사람이 싸우고 난 뒤 뒤처리를 한 것은 언제나 은창이었기에 그는 급히 나서서 누나의 어깨를 주물러 주며 참으라는 듯 웃었다.

그러자 진정이 된 소영이 한차례 한숨을 쉬며 자리에 앉았다.

두 사람이 착석한 것을 은수가 확인했다.

"가장 시급한 문제는 꼰, 아니, 아버지의 행방을 찾는 것과 향후 우리 셋의 행동방침이다. 그래서 먼저 이것에 대하여 논의하고자 한다. 이의 있나?"

"없어."

"없거든?"

두 사람의 대답에 은수는 고개를 끄덕였다.

"좋아. 우선 너희 둘도 알다시피 우리는 아버지의 행방을 찾기 위하여 주변을 탐색했지만 별다른 성과를 얻을 수 없었다."

그도 그럴 것이, 행방을 찾으려면 흔적이 남아야만 하는데 집이 불타 재로 변하면서 사라졌기 때문이다.

군인인 은수가 소영과 은창으로서는 할 줄도 본 적도 없는 여러 수법으로 흔적을 찾고자 노력해 봤지만 아버지의 행방을 섣불리 추측하거나 결론을 내리질 못했다.

두 사람이 말이 없으니 은수가 계속하여 말했다.

"불에 타지 않은 대나무 숲도 탐색해 봤지만 흔적을 찾을 수 없었다. 아버지가 끌려간 것이든 자의로 떠난 것이든 분명한 건 적은 건재하다는 것."

은창이 중얼거렸다.

"그래서?"

다리를 꼬고 앉아 있던 소영도 한마디 했다.

"우리에게 퇴마력이 생겨났고, 마귀가 등장한 이상 아무래도 비상식적인 힘을 가지고 있겠지. 물리적인 존재도 아닐 테고."

은수가 고개를 끄덕였다.

"그렇다. 그렇게 보는 것이 가장 합리적이겠지. 그리고 또 하나 할 말이 있다. 은창 넌 갑자기 우리가 퇴마력을 얻은 것에 대해서 어떻게 생각하나?"

"음, 글쎄……. 땡잡았다?"

소영이 은창의 뒤통수를 손바닥으로 후려쳤다.

"에라이, 생각 없는 놈아."

"악! 아, 진짜. 요새 나 왜 이렇게 맞고 다니는 거야? 내가 무슨 동네북이야?"

은창이 구시렁대고 있을 때, 은수가 이어서 말했다.

"난 그다지 좋아할 것이 없다고 본다."

소영은 오빠의 말에 고개를 끄덕였고, 은창은 형의 말이 이상하다는 듯 물었다.

"왜? 그게 왜 좋아할 게 없는데? 좋잖아! 이제 사기꾼이라고 욕 안 먹어도 되고. 힘도 얻었으니까."

"처음엔 그렇게 생각할 수 있다. 하지만 우연의 일치라고 보기엔 너무나 절묘하지 않나? 우리가 힘을 얻자마자 마귀도 함께 등장한 것이 말이야."

은창으로선 생각지도 못한 부분이다.

평소답지 않게 깊은 생각을 하며 고민에 빠진 은창이 뭔가를 깨달은 듯 눈을 동그랗게 치뜨며 말했다.

"그래. 그러네. 뭔가 이상해. 그럼… 생각해 보면, 그래, 추측은 두 가지를 할 수 있겠지? 하나는 우리가 퇴마력을 얻음으로 인하여 그걸 느낀 마귀들이 등장했다는 것. 또 하나는 마귀들이 활동을 시작함에 따라 우리의 퇴마력이 거기에 반응하여 힘을 내기 시작했다는 것."

"아니야, 동생. 하나의 가정을 더 세울 수 있어."

은창이 소영을 쳐다봤다.

"귀계와 현계를 이어주던 통로가 알 수 없는 이유로 막혀 있다가 갑자기 열렸다는 가정 말이야."

"귀계… 가? 에이, 말도 안 돼. 그게 뭐 터널이나 굴뚝인가? 막혔다가 뚫렸다가 하게."

사람들이 살아가는 세상, 현계.

마귀들이 살아가는 세상, 귀계.

둘은 다른 차원의 공간이라 할 수 있다. 그리고 귀계와 현계가 이어져서 퇴마사와 마귀가 싸웠던 건 그야말로 태초부터 이어져 온 불변의 법칙이라고 주입식 교육을 받아온 은창이다.

"글쎄. 하지만 내가 한 가정이 맞을 경우, 그러면 모든 현상을 한 번에 설명할 수 있지. 안 그래?"

은수가 고개를 끄덕거렸다.

"확실히 일리 있는 말이다. 마귀가 숨어살다 갑자기 나타났단 것은 말이 안 된다. 우리가 퇴마력을 얻어 마귀가 움직이기 시작했다는 것도 마찬가지고. 하지만 소영이 네 말대로 생각해 본다면……."

"누나 말대로 한다면, 내 생각엔……."

그때 은창이 다시 나섰다.

은창은 인중을 찡그리며 예전에 배웠던 귀행평전의 구절을 떠올리며 중얼거렸다.

"퇴마사들은 귀계의 힘을 빌려서 능력을 발휘한다고 했어. 근데 귀계가 닫혀 있으니까 우린 당연히 능력을 쓰지 못했던 거고. 마귀들 역시 통로가 막혀 나타나지 못했던 걸 거야. 이렇게 하니까 딱 맞아떨어지네."

은창의 말에 은수도 소영도 한동안 무언가를 깊이 생각하는 표정이다.

잠시 깊은 침묵이 이어지고, 먼저 말문을 연 것은 형 은수였다.

"그렇다면 왜일까?"

"……?"

"……!"

"이어져 있던 세계가 갑자기 막히고 또 갑자기 열린 이유? 대체 왜일까?"

은수의 말에 소영이 조심스레 나섰다.

"지금은 확실한 게 없잖아. 그냥 여러 가정을 세워보는 것뿐이지."

은수가 단호한 어조로 다시 입을 열었다.

"그래, 그렇지. 하지만 확실한 건… 우린 우리에게 힘이 생겼다고 마냥 기뻐할 수만은 없다는 것이다. 아니, 오히려 저주해야 할지도 모른다. 요마, 마귀, 귀신 등의 존재와 우리 퇴마사는 필연적으로 서로를 죽여 없애야 하는 운명이니까."

"누가 퇴마사 한대?"

소영이 입술을 삐죽였다.

"네가 하고 싶지 않아도 놈들이 찾아온다면?"

"……?"

"실종된 꼰대가 왜 이런 일을 겪은 거라고 생각하나?"

"……."

아무 생각이 없는 은창이 입을 꽉 다물고 소영의 안색 역시 어두워졌다.

하지만 이내 은창은 밝게 웃으며 말했다.

"괜찮아. 우린 셋이잖아? 분명 잘해 나갈 수 있어. 오대성력 역시 마귀가 사라진 이후에도 끊임없이 연구되면서 더욱 발전했다 하니까. 괜찮아. 마귀를 죽이기만 할 뿐 끝내지 못했던 선대와 다를 거야, 우리는."

막내 은창의 말에 어두웠던 형과 누나의 얼굴에도 희미한 웃음과 함께 희망이 생겨났다.

은수가 말했다.

"이미 우리의 의지와 상관없이 죽이지 않으면 우리가 죽어야 하는 상황에 돌입했는지도 모른다. 아니, 가정이 아니라 이렇게 단정 짓고 마음의 각오를 다지는 것이 합리적이겠지. 싸움에 있어서 선수필승이 첫 번째이나 이미 우리의 아버지가 먼저 공격을 당했고 행방이 오리무중인 상황이다. 따라서 우린 적의 침입에 대비하고, 적이 쳐들어올 경우 반드시 놈들의 예봉을 꺾어 반전을 꾀한다. 임전무퇴의 정신으로 싸움에 임하도록."

말을 하는 은수의 모습은 절대 이기지 못할 싸움을 앞둔 장수와 같은 비장함을 풍겼다.

물론 이런 걸 가장 싫어하는 소영이 가만있을 수 없었다.

"으웩! 오빠, 제발 그런 것 좀 하지 마. 조선시대 사극 찍어? 손발이 다 오글거리네."

"명확한 지휘 소통과 엄격한 상명하복이 조직을 튼튼히 한다!"

"토씨 하나 안 틀리네. 남자들은 군대 가면 다 바보 된다더니 이건 순 세뇌 수준이잖아?"

"조국 수호의 최전선에 선 군을 모욕하는 행위는 용납하지 않는다."

"웃기시네. 주민등록도 반납한 국가의 노비 주제에."

"반국가적 행위로 구속할 수 있다."

"어디 해봐?"

아까 전부터 오랫동안 앉아 있어서 좀이 쑤신 은창이 슬쩍 엉덩이를 떼며 말했다.

"이제 끝이지? 그럼 난 이만 쉬러 가볼게."

두 동생을 보고 한차례 차갑게 코웃음 친 은수가 말했다.

"여기서 회의가 끝났다고 생각하지 마라. 아직 해야 할 것이 더 남아 있다."

"헉! 형, 제발!"

은수의 주먹이 움직였다.

꽝!

"끄응······."

은수의 주먹에 머리에 핵 꿀밤을 얻어맞은 은창이 작은 신음을 흘렸다. 얻어맞은 아픔보다 앞으로 계속 머리를 쓰며 앉아 있어야 한다는 게 더 괴로웠다.

학교 수업 중에서도 10분 이상 선생님의 말에 집중하기 힘들어서 자거나 장난치며 딴짓하는 은창이었으니 말이다.

"흐흐흐흐!"

은수의 화가 폭발할 타이밍을 귀신같이 알아채고 발을 뺐던 소영이 은창을 보며 괴상한 웃음소리를 냈다.

평소의 성격에 비하여 굉장히 말을 많이 하게 된 은수는 입술이 마른 듯 혀로 입술을 축이며 브리핑을 이어갔다.

"아버지와 은창이를 습격한 놈들이 어떤 존재이든 귀계의 존재라는 것은 분명하다. 물론 놈들의 목적은 자신들과 싸우고 죽일 수 있는 존재, 우리 퇴마사들을 제거하려는 것. 어쩌면 최근에 떠들썩한 무당 연쇄 살인 사건도 이것과 관련이 있을 공산이 다분하다."

은수의 차가운 말과 그 속에 담긴 뜻.

은창은 아까 은수가 앞으로의 대비와 각오를 다지라는 말을 좀 더 실감하지 않을 수 없었다.

은창은 입술을 깨물었다.

'무섭지 않아. 두렵지 않아. 제길, 마귀들 따위에 죽을까 보냐. 난 앞날이 창창하다고. 대학도 가고 미팅도 하고 클럽도 가고 말 테다!

다짐을 하는 은창의 귀로 은수의 말이 계속해서 들려왔다.

"놈들이 우리의 존재를 알게 되면 분명 우리를 죽이고자 공격을 가해올 것이다. 지피지기면 백전불퇴. 이제부터 귀행평전을 다시 정독하는 한편, 남은 시간에는 실전에 대비한 수련에 임하도록 한다. 은창."

"웅, 형."

"너부터 시작하자. 우리는 서로가 가진 능력에 대해서 대충은 알지만 자세히 알지는 못한다. 하지만 앞으로 마귀들과 효율적으로 싸우기 위해서는 나의 능력뿐만이 아니라 다른 우리의 능력까지 꿰뚫고 있어야 한다. 우선 네 금양보력에 대해서 설명해 봐라. 각자 설명을 들은 후에 대련까지 시행해 보도록 한다."

"알았어. 우선 금양보력은……."

* * *

별채의 큰 방 두 개는 형과 누나의 차지이고, 은창은 화장실 바로 옆에 있는 작은 방을 쓰게 됐다.

녹초가 된 몸으로 방에 들어온 은창이 자리에 누웠다.

"끄웅! 이거 진짜 충격이네. 형이랑 누나는 별로 세 보이지 않는데 그렇게 강하다니."

오래도록 쓰지 않아 퀴퀴한 냄새가 나는 이불을 덮고서 몸 하나 눕히면 끝일 작은 방의 창문으로 쏟아지는 별빛을 은창은 바라봤다.

'앞으로는 절대 나쁜 생각 하지 말자. 누나가 한 말이 맞아. 아빠가 어떻게 되셨을 리가 없잖아? 절대! 형이랑 누나도 걱정이 많이 될 텐데 괜히 내색해서 내 걱정까지 하게 만들지 말자.'

그렇게 다시 한 번 자신을 추스르며 은창은 아버지를 그렸다.

"……."

평생 실망과 배신감을 주더니 헤어지는 순간에서야 진짜 아버지 같은 멋있는 모습을 보여줬다.

지금도 자신을 구하기 위해서 목숨 걸고 시간 끄는 아버지의 모습을 떠올리면 가슴이 먹먹해진다.

또 눈물이 찔끔 난 은창은 급히 닦아냈다.

"씨이. 다짐한 지 얼마나 지났다고. 분명 죽지 않고 살아 있지? 그럴 거야. 그러니까 앞으로는 절대 울거나 슬퍼하지 않겠어. 그러면 꼭 아빠가 죽은 것 같잖아? 안 그래?"

그렇게 말하고 은창은 일부러 히죽 웃어버렸다.

마음이 수습된 은창은 여태 심란하여 켤 생각도 않고 있던 핸드폰을 이제야 켰다.

켜자마자 미친 듯이 표시되는 부재 중 전화와 문자, 카카오톡 메시지. 전체의 95%가 넘는 것은 물론 다솔의 것이다.

처음엔 욕과 죽이겠다는 말 일색이었다.

그리고 잠을 자고 일어난 오늘 아침, 만나서 같이 등교를 하던 시간대엔 어디냐고, 아직 안 나왔냐고 하는 내용이다. 그러더니 오후 11시쯤부터는 '이젠 중간에 새는 것도 아니고 아예 무단결석이냐?' 하는 짜증과 신경질 섞인 내용으로 바뀌었다.

여기서 하나 확실한 건,

은창의 예상대로 다솔은 전날 밤 그렇게 화를 냈음에도 자고 일어나니 까맣게 잊어버렸단 사실이다.

'정말 신기한 놈이란 말이야.'

그렇게 중얼거리며 은창은 다음 내용을 살펴봤다.

11시쯤을 전후해서 담임과 학생주임이 전화해서 남은 부재 중 통화 기록이 있다. 더불어 제법 친하다 할 수 있는 친구들도 점심시간쯤 해서는 연락이 왔다.

1시 정각에는 처음 보는 전화번호가 떠 있는데, 뭘까 궁금하여서 전화를 걸어보니 전화가 꺼진 것도 아니고 아예 없는 번호라고 떠서 은창을 당황시켰다.

다솔의 반응은 2시쯤에 다시 변했는데, 이젠 몸이 어디 아픈 건 아니냐며 걱정하고 있었다. 그리고 다시 4시 30분이 넘어갔을 때에는 그제야 어제 일이 기억난 듯 '다 괜찮아. 용서해 줄 테니까 학교 와. 지금 오면 딱 한 대만 때리고 눈감아줄게!' 하는 식이다.

그래도 역시 이렇게 마음이 뒤숭숭한 가운데에서도 은창을 피식거리며 웃게 만드는 건 이성 간을 넘어서서 진정한 절친이라 할 수 있는 다솔의 카카오톡 메시지와 문자뿐이다.

이제야 아까 다솔이 그렇게까지 화를 냈던 것이 이해가 갔다.

그리고 다솔에게 적잖이 미안해지며 코끝이 찡한 감동까

지 느껴졌다.

'짜식, 앞으로 내가 특별히 바나나 우유 백 개를 사주마.'

모든 기록을 확인한 은창은 핸드폰의 화면을 끄고 충전기 근처에 두었다.

지금 무단결석했다고 선생들은 벼르고 있을 테지만 괜찮다.

'흥, 꼰대들. 난 이제 그딴 학교 다니지 않아도 된다고. 사라진 아빠도 찾고 진짜 퇴마사의 길도 걸어야 한단 말이야. 공부 따위 안 해도 돼.'

어차피 이제 학교는 안 가도 될 테니까 말이다.

*　　*　　*

새벽 3시경.

대나무 숲 곳곳에서 검은색 사람 그림자가 불쑥불쑥 나타났다.

그중에서도 유독 검고 큰 이가 기분 나쁘게 웃었다.

"역시 예상이 맞았구나. 이곳으로 잔당들이 모일 것 같더니만. 흐흐, 냄새가 풀풀 나는구나. 그 씹어 죽일 놈과 비슷한 냄새가 저기 저 건물에서도 나고 있어. 그것도 셋이나."

'씹어 죽일 놈'이란 말이 나오자마자 주변에 넓게 포진해 있던 검은 옷 인물들이 몸을 부르르 떨며 흉포한 기운을 마구 내뿜었다.

"가자. 모두 죽인다!"

총 열여덟의 검은 습격자는 그 어떠한 소리도 내지 않으면서 은밀하게 별채로 다가갔다.

그리고 여태 유일하게 말을 하고 있던 대장 격의 습격자가 다른 한 명을 손가락으로 지목하고 문을 향해 까닥하니 그자는 귀신같은 움직임으로 달려가 은밀히 문을 열고 안으로 들어갔다.

1초, 2초, 3초.

뿌와아악!

커다란 격타음이 나고 거의 동시에 별채의 문이 와장창 부서져 나가며 검은 그림자가 바닥을 데굴데굴 구르다 움직임을 멈췄다.

"……!"

별채에 들어가고 3초 만에 30미터를 날려간 습격자는 이미 전신의 구멍이란 구멍에서 검은색 피를 내뿜으며 미동도 못하고 있었다.

"고맙다, 이 개새끼들아!"

"……!"

"어디서 찾나 졸라 고민하고 있었거든!"

그렇게 외치며 부서진 문으로 등장한 것은 바로 은창이었다.

습격자는 은창의 주먹에 얻어맞아 저 꼴이 된 것!

"어린놈이 무서운 줄을 모르는구나. 죽여라!"

은창으로선 처음 겪는 전투라 할 수 있었다.

하지만 막상 이렇게 되니 생각처럼 두려운 마음은 들지 않았다.

그저 알 수 없는 흥분감과 함께 전신에 넘쳐흐르던 힘을 모조리 쓸 수 있을 것 같은 생각뿐이다.

두려움 따윈 없다.

은창 자신을 도망시켜 주기 위하여 홀로 강대한 마귀에 맞선 아버지의 뒷모습이 가슴 한편에 새겨져 있는 한은 말이다.

별채 마당 가운데 듬성듬성 징검다리처럼 박혀 있는 돌바닥을 사이에 두고 대치하고 있는 양쪽.

열일곱으로 줄어든 적 중에서 넷이 일제히 은창에게로 달려들었다.

"……"

은창은 몇 번이고 기도했다.

아버지를 공격한 놈들이 꼭 다시 찾아오길.

그리로 수도 없이 머릿속으로 그렸다

적들과 어떻게 조우할 것인지, 어떻게 싸울 것인지, 어떻게 처치할 것인지.

순간 은창의 입에서 날카로운 기합이 터져 나왔다.

"하압!"

본래 은창은 운동을 전혀 하지 않은 것처럼 보이는 호리호리한 체격이었다.

하지만 은창이 양 주먹을 불끈 쥐고 몸을 낮추며 기합을 내지르니 입고 있던 스키니한 추리닝이 곧 터질 듯 부풀어 오르며 엄청난 근육질로 변해갔다.

물론 그렇다고 둔하게 보인다거나 징그러울 정도로 체구가 커진 것은 아니다.

무식하게 덩치만 커진 것이 아니라 마치 야생에 사는 맹수들처럼 잔 근육이 오밀조밀 뭉치며 더없이 강렬한 기세가 온몸에서 줄줄 흘러나오기 시작한 것이다.

그것은 모두 금양보력의 기운이 은창의 기합에 따라 전신을 가득 채우며 생겨난 현상이다.

"간다!"

쫘앙!

도저히 나무 발판을 박찰 때 나올 수 있는 소리가 아니었다. 누군가 들었다면 분명 폭탄이 터졌다고 생각했을 소리다.

무참히 부서진 나무 발판의 파편이 주변으로 마구 날아갔고, 일부는 창문에 부딪쳐 와장창 소리를 토해냈다.

나무 밑을 받치고 있던 돌바닥마저 은창의 발자국에 깊이 파였고, 순간 은창은 총알처럼 앞으로 뻗어 나갔다.

가장 선두에서 선 마귀의 가슴 한복판으로 날아가는 은창의 주먹!

뻐엉!

축구공이 터지는 소리와 함께 마귀는 가슴에 구멍이 뚫린 채 뒤로 넘어갔다.

"금양보력은 다들 대충은 알다시피 퇴마사가 법기의 도움 없이 몸으로 요괴와 마귀에게 물리적 타격을 줄 수 있는 항마력이야. 사람보다 훨씬 뛰어난 운동능력을 가진 마귀들에게 육탄전을 걸어야 하는 만큼 금양보력은 엄청난 힘을 부여해 줘. 하지만 금양보력만은 말 그대로 힘일 뿐이지. 금양보력을 제대로 쓰기 위해선 그에 걸맞은 기예가 필요해. 그래서 어려서부터 무예도 함께 수련한 거지. 그래, 맞아. 제요벽. 금양보력을 위한 무예가 제요벽이고 제요벽을 펼치기 위해 필요한 것이 금양보력이야."

유독 재빠른 움직임을 가진 마귀가 엄청난 속도로 은창의 앞으로 질주했다.

꾹!

은창이 주먹을 말아 쥐고 치려던 순간, 마귀의 모습이 사라졌다.

하지만 은창의 눈은 움직이고 있었다.

"흡!"

그리고 은창의 모습도 사라졌다.

퍼억!

둔탁한 격타음과 함께 사라진 은창과 마귀가 공중에 모습을 드러냈다.

"캐액!"

은창의 니킥이 정확이 마귀의 얼굴에 쑤셔 박힌 모습이 슬로우 모션으로 나타나더니 그대로 지상에 떨어져 내렸다.

쿠쿵!

은창의 니킥에 당해 땅에 내리꽂힌 마귀가 피를 토하며 고개를 떨궜다.

은창은 조용히 일어섰다.

"……."

무리를 이끄는 대장 녀석이 날카로운 송곳니를 드러내며 은창을 노려봤다.

"야!"

"……!"

순간 머리 위에서 들려온 앙칼진 목소리에 마귀들과 은창이 동시에 고개를 들어올렸다.

핫팬츠에 배꼽이 훤히 드러난 탱크탑 차림의 소영.

문제는 소영이 유령처럼 공중에 떠 있다는 것이다.

마귀들이 가볍게 주춤거린 데 반해 오히려 은창이 놀라 입이 딱 벌어졌다.

"허, 허공답보—!"

"……"

은창이 소리치는 말에 분위기가 싸해졌다.

소영이 은창을 째려봤다.

"지랄을 해라, 지랄을. 장난해? 쪽팔리게 어디서 무협지 드립이야?"

그때 마귀 놈이 고함쳤다.

"저년도 쳐라!"

소영을 응시하던 마귀들이 땅을 박찼다.

은창을 향해 인상을 쓰고 있던 소영이 손을 까딱했다.

순간,

후— 웅!

퍼퍼퍼퍽!

"캐액!"

"키에엑!"

"큭!"

쿠쿵! 쿠쿠쿵!

"……!"

육중함이 실린 바람 소리가 들리는가 싶더니 공중으로 뛰어오른 마귀들이 갑자기 날아든 거대한 담벼락의 잔해와 충돌해 나가떨어졌다.

"우왁?"

은창의 눈이 휘둥그렇게 변했다.

마귀들을 압사시킨 거대한 담벼락은 무너진 집터에서 통째로 뜯겨져 나온 담벼락이었다.

"그래, 무저영력(無底靈力)이야. 오대성력 중의 하나 맞아. 초능력 알지? 그거랑 비슷하다고 생각하면 돼. 비슷하기만 하다고. 쌍으로 무식한 머리들을 하고 있으니까 쉽게 설명해 주는 거잖아. 왜 변태가 정신력과 두뇌를 필요로 하는 무저영력을 나한테 가르쳤겠어? 의지박약에 무뇌아 두 아들을 믿을 수가 없으니까 그런 거지. 몰라. 나도 이게 어떻게 갑자기 되는지. 집 나오기 전까지는 미친년 널뛰듯이 죽어라고 해도 안 되더니 갑자기 되더라고. 그래, 염동력이랑 비슷하게 보이지. 이건 기본이고. 진짜는 꼭두각시놀이야. 그런 게 있어. 지금은 못 보여준다니까! 허세? 내가 손가락만 까딱해도 둘 다 한 방에 훅 가거든?"

"헉? 지, 진짜 손가락 하나로……."

은창이 경이로움을 담아 소영을 쳐다봤다.

그때, 소영에게 당해 담벼락 잔해에 깔렸던 놈들이 잔해를 치우며 천천히 일어섰다.

"어?"

다시 일어날 거라곤 생각하지 못했는지 소영이 놀란 표정을 지었다.

놈들의 대장 녀석이 그 모습에 코웃음을 쳤다.

"제법 능력은 있다만 고작 그런 정도로 우리가 쓰러질 것 같으냐? 네놈들 인간의 힘 따위는 우리에게 통하지 않아."

소영에게 당했던 녀석들이 뚜벅뚜벅 걸어와 놈의 곁에 섰다.

"음?"

은창과 소영을 비웃던 녀석이 인상을 찌푸렸다.

최초로 은창에게 당했던 녀석들도 제자리로 돌아와야 하는데 움직임이 없었기 때문이다.

그때, 은창에게 당해 쓰러진 녀석들의 몸에서 이상한 현상이 벌어졌다.

놈들의 몸에서 미약하게 빛이 번져 나오는가 싶더니 마치 금이 가듯 거미줄처럼 금빛이 전신으로 퍼져 나가고 있었다.

츠아아악!

퍽!

"……!"

순간 퍼져 나가던 빛이 번쩍하더니 육신이 재로 변해 순식간에 흩어져 버렸다.

"어?"

"뭐야!"

소멸된 놈들을 쓰러뜨렸던 은창도, 수영과 마귀들의 대장도 놀라 눈을 치떴다.

"크윽! 꼬마 놈! 그냥 그런 퇴마사가 아니구나."

'금양보력!'

대장 녀석의 뇌까림을 들은 은창은 자연스레 자신의 힘의 원천인 금양보력을 떠올렸다.

마귀들은 소멸의 위기감 탓인지 이전과는 격이 다른 적의를 분출했다.

소영이 소리쳤다.

"야! 뭐하고 있어!"

"뭐, 뭘 어쩌라고?"

은창이 공중에 떠 있는 소영에게 소리쳤다.

"어쩌긴 뭘 어째! 이 누나를 위해 몸빵을 해야지!"

"……!"

은창은 정신이 번쩍 들었다. 소영은 당장은 사물을 움직이는 능력밖에 없다고 했다. 그 말은 곧 적과 근접전으로 치달으면 꼼짝없이 위험해진다는 뜻.

게다가 소영에게 당한 녀석들은 큰 피해가 없는지 멀쩡하게 다시 일어서지 않는가.

은창이 이를 으득 갈며 마귀들을 향해 달려들었다.

"야아아압!"

"……!"

기합과 함께 도약해 마귀들의 바로 앞에 착지한 은창이 오른발을 축으로 몸을 팽이처럼 회전하며 열여덟 번의 돌려차기가 연속으로 마귀들을 강타했다.

퍼억!

"크악!"

퍼퍽!

"커억?"

빠직!

"컥!"

정타고 자시고 할 것도 없이 적중된 녀석들은 대포알처럼 튕겨져 나가고, 팔로 막으면 팔째 부러지고 다리로 막으면 다리째로 부러져 나가 속수무책이다.

추풍낙엽처럼 사방으로 나가떨어진 마귀들이 바닥을 나뒹굴었다.

"와우! 잘한다! 우리 막내! 봐주지 말고 아작아작 밟아서 끝장을……!"

환호하며 손뼉을 치던 소영이 눈을 부릅떴다.

은창도 멈칫했다.

바로 소멸해 버린 마귀들도 있었지만 그렇지 않은 마귀들이 별안간 투명인간처럼 갑자기 모습이 감쪽같이 사라진 것이다.

"흐흐흐흐흐흐!"

"……!"

은창과 소영이 음산한 웃음소리에 깜짝 놀라 반사적으로 사방을 두리번거렸다.

"흐흐흐흐흐흐!"

은창이 몸을 홱 틀어 반대편을 번개같이 쏘아봤다.

소영도 은창과 다를 바 없었다. 실체는 보이지 않는데 웃음소리는 마치 안개처럼 모호하고 아련하면서도 귀에 선명하게 들려오니 모골이 송연해지지 않을 수 없었다.

"조심해."

공중에서 원을 그리며 맴도는 소영이 주의를 줬다.

"흐흐흐흐흐흐!"

"잡았다!"

"……!"

은창이 확실히 소리가 들려온 것을 눈치챈 듯 발치에 나뒹

구는 주먹만 한 돌멩이를 양발로 연속으로 다섯 개를 걷어찼다.

피피피피핑!

다섯 개의 돌멩이가 한 지점을 향해 벼락같이 날아갔다.

소영도 덩달아 양손을 번갈아 움직여 가며 주변에 띄울 수 있는 것은 모조리 띄워서 같은 지점을 향해 융단폭격을 퍼부었다.

콰콰콰콰쾅! 쿠콰쾅!

이미 폐허가 된 집터에 은창이 날린 돌멩이가 날아가고 온갖 잡동사니가 소영의 의지에 따라 퍼부어지며 폭탄이 터진 것처럼 먼지구름이 피어올랐다.

그때, 결과가 어떻게 됐는지 눈이 빠져라 노려보던 은창과 소영의 질끈 묶은 머리카락이 미친 듯이 요동치며 등을 두들겼다.

"……!"

"피햇!"

은창의 고함이 터져 나오고 소영이 반사적으로 몸을 뒤틀었다.

쓰윽!

서걱!

순간 은창의 옆구리가 예리하게 잘려 나가고 소영의 어깨에서 피가 솟구쳤다.

"윽!"

"아악!"

은창과 소영이 각자 입은 상처를 감싸 쥐며 땅바닥에 쓰러졌다.

스룽! 스스슷! 스르룽!

포개져 쓰러진 은창과 소영을 중심으로 사라졌던 마귀들이 순간 이동하듯 속속 모습을 드러냈다.

"생각보다 싱겁군. 역시 애송이야. 가진 힘에 비해 터무니없는 반쪽짜리들이 아닌가. 크크크!"

가장 늦게 모습을 드러낸 대장 녀석이 오른손을 들어 올리자 다섯 손가락의 손톱이 칼날처럼 쭉 늘어났다.

다른 녀석들도 놈처럼 일제히 손톱을 길게 뽑아내며 번쩍 어깨 위로 치켜들었다.

"육신은 죽겠지만 저승길은 막아주마."

놈은 은창과 소영을 향해 손톱을 겨누며 차갑게 웃었다.

"영광으로 알아라. 귀계에 종속되는 첫 번째 노예가 됨을. 호호호!"

무리가 막 은창과 소영을 날카로운 손톱으로 내리 찌르려는 찰나,

피잉!

"······?"

대기를 날카롭게 관통하는 소음에 마귀들이 멈칫했다.

털썩.

순간, 마귀들 중 한 명이 이마에 작은 구멍이 뚫린 채 쓰러졌다.

"아니!"

대장 녀석이 깜짝 놀라 주변을 돌아봤다.

피잉! 털썩! 피잉! 털썩!

이제 시작이라는 듯 파공음이 연달아 들려오며 어김없이 마귀가 그때마다 하나씩 이마에 구멍이 나 쓰러졌다.

"감히!"

눈알이 시커멓게 변한 녀석이 동료가 쓰러지는 것을 외면한 채 우두커니 서 있다가 어느 순간 동공이 좌측으로 움직이며 괴성을 내질렀다.

"키아아아악!"

따앙!

귀를 울리는 금속음이 터져 나오고 왼쪽 허공으로 손을 뻗던 놈이 뭔가를 움켜잡았다.

손을 펴자 콩알만 한 쇠구슬이 모습을 드러냈다.

〔禁〕

콩알만 한 구슬에는 '금'이라는 한자가 붉은 색깔로 쓰여 있었다.

푸스스스.

주먹을 쥐어 힘을 쓴 것도 아닌데 손바닥 위에 놓인 쇠구슬 이 퍽 하고 터지며 먼지처럼 손가락 사이를 타고 흘러내렸다.

녀석은 머리카락을 쓸어 올리며 으르렁댔다.

"이따위 장난감으로 우릴 우롱해? 당장 **나와**—!'

쾅—!

마지막 '나와!' 라는 외침이 마치 수백 개의 스피커가 일제 히 터뜨리는 것처럼 폭발하며 인근이 지진이 난 듯 흔들리고 광풍이 몰아닥쳤다.

쩌저적! 펑!

그때, 멀지 않은 곳에 서 있던 아름드리나무가 금이 가더니 산산조각이 나 터져 버렸다.

아름드리나무가 사라지고 모습을 드러낸 사람은 은수였 다.

은수는 뿌옇게 일어나는 흙먼지와 비산하는 나뭇조각들을 손으로 걷어내며 앞으로 걸어 나왔다.

저벅저벅.

"쥐새끼처럼 숨어서 구슬 따위나 가지고 노는 것을 보니

네놈이 제일 약하구나."

대장 녀석이 비웃음을 가득 담아 이죽거렸다.

"자, 이제 네놈이 가지고 놀던 구슬도 없으니 어쩔 테냐? 큭큭큭!"

마귀들이 녀석을 따라 실실 쪼갰다.

그때 은수가 손에 든 뭔가를 앞으로 쭉 내밀었다.

"......!"

비웃던 마귀들의 표정이 경직됐다.

은수가 앞으로 내민 투명한 비닐 주머니에는 콩알만 한 구슬 수백 개가 가득 담겨 있었다.

"이익!"

구슬을 확인한 녀석이 고함쳤다.

"그런다고 당할 줄 아느냐!"

순간 녀석을 비롯한 마귀들이 움직이는 것과 동시에 또다시 모습이 투명하게 변해 사라졌다.

"으윽! 형! 조심해!"

은창이 부상 입은 옆구리를 부여잡고 소리쳤다.

"......"

은수는 마귀들이 사라진 전방을 잠시 주시하더니 손에 든 비닐 주머니를 앞을 향해 집어 던졌다.

"내가 수련한 것은 현현주력(玄玄呪力)이다. 현현주력은 오대 성력 중에서 가장 오래된 전통적인 퇴마 법술로서 항마력을 바탕으로 한 법문과 부적술을 쓴다. 노랑 종이가 아니라 괴황지라고 한다. 그리고 괴황지에 붓으로 휘갈겨 쓴 것만 부적이 아니야. 특정한 법칙에 따라 접은 종이도 부적일 수 있고 법문을 써 넣은 사물도 부적이 될 수 있다. 그렇지 않다. 부적이 다 떨어져도 부정한 것이 아니라면 살아 있는 생명체의 피로 언제든 부적을 만들 수 있다. 왜? 부적이 떨어지면 이 몸에게 쿠데타라도 일으킬 심산이었나? 수련? 이 몸은 천재다. 이미 현현주력에 관한 모든 법문과 부적은 이 머리 안에 다 있다. 너희는 너희 앞가림에나 신경 쓰도록. 이상 해산!"

쏴아아아아아!

비닐 주머니가 열리며 수백 개의 구슬이 쏟아져 나왔다.

순간 수백 개의 구슬이 화살처럼 쏘아져 나가며 하나하나가 엿가락처럼 쭉 늘어나며 수리검의 모습으로 변했다.

쐐애애애애액! 쾌애애액!

프파파파파팡! 쫘아아아악! 콰콰콰콰쾅!

흡사 폭우가 쏟아지듯 촘촘히 전방을 모조리 뒤덮어 버린 수리검.

"크아악!"

"카악!"

"키엑!"

사방에서 비명이 난무하며 사라졌던 마귀들이 일제히 허공에서 떨어져 내렸다.

털썩! 털썩! 쿵!

그리고 쓰러진 마귀들의 몸이 일제히 터져 나가며 연기가 되어 흩어졌다.

"이놈! 두고 보자!"

녀석의 목소리가 울려 퍼지는가 싶더니 길게 메아리치며 아련히 멀어져 갔다.

뚝.

은수는 인중을 타고 흘러내리는 피를 손으로 훔쳐 냈다.

그리고 휘청거리며 털썩 한쪽 무릎을 꿇었다.

"형!"

놀란 은창이 소리치며 달려오고 있었다.

Chapter 06

일상으로의 복귀

"으아아아아아아!"

광륜선원의 아침이 은창의 비명으로 시작됐다.

밤새 너무나 피곤했던 탓에 그야말로 꿀잠에 빠져 세상모르고 자고 있던 은창은 머리에 쏟아지는 차가운 느낌에 벌떡 일어났다.

분노한 눈으로 범인을 찾던 은창의 눈에 뜨인 것은 은수.

"이게 뭐하는 짓이야!"

은창을 홀딱 젖은 생쥐 꼴로 만든 빈 양동이를 그대로 집어 던지며 은수가 말했다.

"지각한다. 신속하게 환복 후 등교하도록."

까앙!

"아, 진짜!"

양동이에 이마를 얻어맞은 은창이 더욱 큰 분노를 느끼며 은수를 노려봤다.

하지만 아무 말도 할 수 없었다.

남극의 가장 깊숙한 곳보다 시린 눈빛으로 은수가 쳐다보고 있었기 때문.

"반항이냐?"

은창은 딸꾹질이 나올 것 같은 걸 가까스로 참아내며 도리질을 쳤다.

"아, 아니. 아니야, 형."

"넘어가 주지. 시간이 없으니 신속하게 행동하도록. 학교에 지각하면 얼차려를 부여하겠다."

"자, 잠깐! 학교에 가라니, 무슨 소리야, 형? 난 이제 학교 관두는 거 아니었어?"

쫭!

여지없이 날아드는 은수의 핵 꿀밤.

정말 안타까운 일이지만 금양보력의 힘은 이상하게도 은수와 소영을 상대로는 자동 발동이 되지 않았다. 아마도 피가 이어진 혈육이라 그렇든가, 은창의 심리 상태에 따른 것이든

가, 그것도 아니면 같은 오대성력이기 때문인지도 몰랐다.

"대체 누가! 너한테! 학교를 가지 않아도! 된다고 했냐?"

"끄으……"

물론 그렇게 말한 사람은 없었다.

아픈 머리를 부여잡으며 은창이 볼멘소리로 말했다.

"하지만 말이 안 되잖아. 마귀에게 습격당해 집이 불타고, 아빠도 어딘가로 사라지고, 우리까지 습격당한 와중에 태평하게 학교나 가라니. 난 싫어. 이런 상황에서 어떻게 나만 그래!"

소영은 오늘 휴학계를 내기로 결정되었다.

은수는 부대에 전화 한 통 건 것만으로 모든 문제가 해결되었는데, 딱딱하고 원칙적인 군대의 특성에도 불구하고 그저 '한동안 일이 생겨서 부대 복귀가 힘듭니다' 라는 은수의 한 마디에 넘어가 버렸다.

형과 누나가 그렇게 학교와 군대를 안 가게 되었음으로 은창도 자신이 학교를 안 가도 될 것이라 여겼던 것인데 이런 일이 벌어진 것이다.

"군인이 총을 들고 나라를 지키고 우리 퇴마사가 항마력을 사용해 마귀와 싸우는 것 못지않게 학생이 펜을 들고 학교에 가서 공부를 하는 것은 중요한 일이다. 토 달지 말도록."

"하지만 형이랑 누나도……!"

그 순간 은수가 은창의 머리를 양손으로 잡고 자신의 눈 바로 앞에 끌어당겨 무섭도록 차가운 눈빛으로 노려봤다.

"토 달지 말라고 했다. 지금 네 행동을 상관에 대한 반항으로 여겨 즉결심판을 해도 괜찮은 건가?"

'씨이! 칼침도 맞았는데⋯⋯.'

은창은 목까지 올라오는 말을 꿀꺽 삼키며 고개를 끄덕였다.

"아, 아니야. 아닙니다! 반항하지 않겠습니다!"

은수가 흡족한 미소를 옅게 지으며 은창을 풀어줬다.

"좋다. 네 누나가 아침을 차리고 있으니 가서 먹고 가도록."

"누, 누나가?"

이건 정말 믿을 수가 없는 일이다.

초등학교 때부터 고등학교 때까지 아침에 절대 일어나지 못하여 아버지에게 탈모 증세까지 안기고, 은수마저도 분노하여 포효하게 만들었으며, 자신에게는 아침마다 지옥을 경험하게 만들었던 그 사람이 바로 누나가 아닌가!

오죽하면 학교에서의 별명도 좀비였고, 심지어는 담임선생님이 매일 아침마다 찾아와서 깨워주다가 결국 더러워서 선생질 그만두겠다며 사직서까지 내게 한 장본인이 바로 소영이다.

하지만 은창이 놀란 건 단지 그것 때문만은 아니다.

무려 요리!

그토록 손에 물 묻히기 싫어하던 누나가 요리를 한다고?

집에 여자인 누나가 있음에도 마치 전업주부처럼 파를 다듬고 네 명 분의 빨래와 설거지를 매일같이 했던 게 은창이다.

그런데 그런 누나가 자신을 위해 일찍 일어나서 밥을 차리고 있다고? 은창은 못 본 사이 많이 변한 누나 때문에 감동으로 눈물까지 글썽거리며 주방으로 뛰었다.

그런 동생의 뒷모습을 보며 은수가 중얼거렸다.

"…나라면 절대 기대하지 않을 거다."

"누나!"

감격에 벅차서 소영을 부르며 주방이 보이는 장소까지 간 은창은 눈앞의 광경을 보고 몸이 굳어지고 말았다.

눈이 반쯤 감긴 소영이 김치찌개를 하고 있었는데 과연 졸려서 실수한 건지 일부러 그런 것인지 모르겠지만 설탕과 조미료를 찌개의 양과는 전혀 비교할 수조차 없이 무시무시한 분량을 투하하고 있었다.

더구나 김치찌개는 맛깔난 빨간색이 아니라 검은색을 띠고 있었는데, 탄 냄새가 진동하는 것을 보면 그 이유를 짐작할 만했다.

처음 하는 요리 때문에 긴장한 탓일까.

소영은 검은색 긴 생머리를 손으로 쓸어 넘겼는데, 땀이 송골송골 맺혀서 그중의 몇 가닥이 이마에 붙기도 하고 머리를 젖은 것처럼 보이게 하여 보는 사람의 침을 꼴깍 삼키게 할 만큼 섹시하면서도 청순했다.

하지만 은창에게 소영의 모습은 그저 악마로 보일 뿐.

"어머, 동생, 일어났어? 딱 잘 일어났네. 이 다정하고 마음 착한 누나가 우리 동생 주려고 만든 김치찌개가 지금 완성됐는데. 어때? 누나도 이 정도면 현모양처의 자질이 있지? 호호호!"

방금 은수를 만날 때보다 더욱 큰 공포에 질린 은창이 뒷걸음질 쳤다.

"미, 미안해, 누나. 내 밥 안 차려줘도 되니까 도로 가서 잠이나 자주면 안 될까?"

그 순간 은창은 환각을 볼 수 있었다.

분위기가 확 바뀐 소영의 뒷모습. 그 어깨 위로 검은빛 기운이 오라처럼 일어나는 것을 말이다.

"너 동생, 이리 와봐."

정말 가기 싫었지만, 발이 자동으로 움직여서 소영의 바로 뒤까지 가게 만들었다.

부웅― 쫘악!

어김없이 퍼부어지는 소영의 철사장!

분명 겉으로 보기에는 하얗고 야들야들하니 한없이 부드러운 예쁜 손인데 매섭긴 무지 매섭다.

은창의 전신을 손바닥으로 마구 때리며 소영이 신경질적으로 외쳤다.

"너 이 새끼, 모두 너 때문이야! 이 나쁜 새끼! 내가 잠을 제대로 못 자서 지금보다 더 가슴이 작아지면 넌 관 짤 준비부터 해!"

'대체 잠이랑 그거랑 무슨 상관인데?' 하고 외치고 싶었지만 그러는 순간 정말로 황천길을 건너게 될지도 모른다.

그래서 은창은 그저 비명만 지르며 몸을 비틀다가 황급히 교복만 챙겨 입고 도망치듯 광륜선원에서 빠져나왔다.

"너 이 새끼, 내가 이 김치찌개 안 버릴 거야! 학교 갔다 오면 네 입에 전부 처넣어주겠어!"

"크헉?"

은창은 양손으로 귀를 틀어막고 비명을 지르며 아까까지는 정말 가기 싫었지만 지금은 너무나 그리운 학교를 향하여 미친 듯이 달렸다.

한참을 달리고서야 은창은 속도를 늦췄다.

"으, 앞으로도 요리는 내 전담인가."

그렇게 말하며 은창은 한숨을 푹 내쉬었다.

은창이 중학교에 올라가는 순간부터 아빠는 주방에서 손을 뗐다. 아쉬울 건 없었다. 아빠의 요리는 정말 더럽게 맛없었으니까.

그야말로 상남자인 은수와 아빠를 쏙 빼닮아 요리엔 재능이 없는 소영. 남은 건 오직 은창뿐이었으니 중1 때부터 지금까지 약 6년간 요리를 해왔다.

그래도 여태까진 아버지 한 명이 먹을 만큼만 했으면 됐지만 앞으로는 입맛도 더 까다로운 두 사람 몫을 해야 하니 은창에게서 저절로 한숨이 나오는 건 당연한 일이다.

자연스레 아버지 생각이 났지만 은창은 전처럼 자책한다거나 슬퍼하지 않았다.

어젯밤 마귀와 싸우고 나서 새로운 사실을 알았기 때문이다.

"야! 이 멍청이 오빠야! 도망간 놈을 잡든 이 중에 한 놈은 살려놨어야 될 거 아냐! 변태 양반은 어떻게 찾을 건데!"

그때 형이 어디서 났는지 쪽지 하나를 지갑에서 꺼내 휙 던졌다.

"읽어봐라."

"이게 뭔데?"

씩씩대면서도 누나는 쪽지를 펴보고 곧 놀란 표정이 되었다.

"뭔데, 누나?"

쪽지를 본 난 놀랐다.

"어? 이건 우리 암호문이잖아."

대대로 퇴마를 주업으로 삼아온 예가에는 그들만의 독특한 암호 체계가 존재했다.

어릴 때부터 수도 없이 배워온 것이기에 누나도 나도 금방 쪽지에 쓰인 암호문을 해독할 수 있었다.

나는 무사하다. 걱정하지 말고 기다려라. 그리고 은수, 소영 이 나쁜 놈들아, 어때? 아빠는 안 틀렸지?

분명 아버지였다.

급한 듯이 휘갈겨 쓴 와중에도 은수와 소영에게 유치한 뒤끝까지 부린 것이 더욱 신빙성을 줬다.

쪽지에서 눈을 뗀 나는 처음으로 누나의 얼굴을 보고 놀랐다.

누나의 눈이 눈물로 그렁그렁했기 때문이다.

"이런 멍청이 변태 영감. 그래, 아빠 말이 맞았어. 미안해."

"형, 이거 아버지 분명 맞겠지? 그렇지? 어디서 찾은 거야?"

"별채 지하 창고다."

자신이 이용할 만한 무기들을 찾으러 갔다가 발견한 모양이다.

어젯밤에 그런 사실을 알고서 잠을 청하니 더욱 푹 잘 수 있었고, 지금도 아버지 때문에 걱정이 크게 되거나 하지 않았다.

'정말 다행이야.'

그렇게 생각하며 은창은 학교를 향하여 활기차게 발걸음을 옮겼다.

*　　　*　　　*

인적이 드문 지하도를 걸으며 은창이 투덜거렸다.

"뭐가 좋다고 자꾸 실실 쪼개냐?"

그새 은창과 함께 등교하고 있던 다솔이 히죽 웃으며 답했다.

"그냥 멋있어서. 얼굴에 한 빨간색 손 모양 타투가 점점 부어오르는 게 멋있기도 하고."

소영에게 얻어맞은 자국을 놀리는 다솔에게 순간 욱한 은창이 소리를 지르려다가 이내 더 좋은 방법을 떠올리고는 히죽 웃었다.

갑자기 그가 다솔의 원피스형 회색 교복을 가리키며 말했다.

"너 교복 새로 사야 되는 것 아냐?"

"웅? 왜?"

"너무 짧잖아. 요새 키가 좀 더 컸나 본데? 이제 진짜 170된 거 아냐?"

다솔은 초등학교 4학년 때 이미 165cm까지 컸다가 그 이후로 조금도 안 크고 있었다. 그러다 요새 다시 키가 크는 중이긴 했다.

그래서 그런지 확실히 다솔의 치마 길이는 다른 여자애들에 비해 훨씬 짧은 느낌이다.

그도 그럴 것이, 원피스 형태인지라 키가 커지면서 치마가 줄어드는 현상도 더욱 크게 일어나기 때문이다.

물론 남자애들한테야 다솔의 뛰어나도록 우월한 각선미를 제대로 감상할 수 있으니 너무나 바람직한 치마 길이지만 말이다.

"근데 왜? 무슨 상관이야? 내 치마 길이를 두고 왜 네가 쓸데없이 지적질이야. 죽으려고."

은창이 히죽 웃었다.

"당연히 상관있지. 내가 본 자두를 다른 애들도 보게 하는 건 어쩐지 싫……"

거기까지 말했을 때,

다솔의 핵주먹이 은창의 배에 꽂혔다.

뻐억!

"예은창 너, 진짜 죽는다?"

얼굴이 벌게져서 분노를 토해내던 다솔은 순간 이상함을 느꼈다.

자신의 펀치를 맞았음에도 은창이 아무렇지 않은 표정으로 계속 웃고 있는 것이 아닌가! 여태껏 단 한 번도 겪어보지 못한 일이다.

'그러고 보니⋯⋯.'

예은창을 가끔 때릴 때마다 느꼈던 손맛이 안 느껴졌다.

딱딱한 느낌은 아니래도 무언가 아주 단단한 것을 때린 느낌만이 손에 남았을 뿐이다.

그래, 비교를 하자면 바로 밧줄을 묶은 통나무나 폐타이어를 여러 개 겹친 뭉텅이를 때릴 때와 비슷했다.

당황한 다솔을 뒤에 두고 은창은 자신의 금양보력에 대하여 무한한 감사를 표하며 앞질러 걸어갔다.

콧노래를 흥얼거리며 걸어가는 그에게 다솔이 바짝 따라붙었다.

"야, 너! 어떻게 된 거야?"

은창은 딴청을 피웠다.

"오늘 날이 참 좋네. 앞으로는 정말 행복할 것 같다. 하하!"

더욱 약 오른 다솔이 은창의 배 부분을 만졌다.

"너 안에다가 책 같은 거라도 대봤냐? 이 치사한 자식, 어디 있어? 빨리 빼봐!"

"야! 지금 뭐하는 짓이야! 당장 손 안 떼? 기분 나쁘게 어디다 더러운 손을 대고 있어!"

하지만 이미 바짝 약이 오른 다솔은 멈추지 않았고, 결국 은창이 자신의 교복 안에까지 들어온 손을 쳐내려다 불상사는 일어났다.

툭!

은창에 의해 밀려난 다솔의 손이 바지 위로 살짝 돌출되어 있던 무언가를 치고 지나간 것이다.

"헉!"

다솔이 놀라고 은창은 버럭 화를 냈다.

"뭐하는 짓이야, 이 미친 지지배! 너 이거 성희롱인 거 알아, 몰라?"

질 수 없다 생각한 다솔도 발끈하여 말했다.

"성희롱? 내가 아니라 네가 날 성희롱한 거지, 이 짐승 같은 놈아! 왜 거기에 그런 이상한 걸 두고 지랄이야!"

"뭐, 뭐야? 이상한 거라니! 그리고 그걸 내가 거기에 두고 싶어서 뒀냐? 가만히 있는 걸 친 게 누군데 시비야! 그럼 나도 이렇게 해도 되는 거냐?"

그렇게 말하며 은창이 자신의 가슴을 스치듯 툭 하고 치려 하자 기겁한 다솔이 이십팔반무예의 보법을 펼쳐 뒤로 황급히 빠지며 소리쳤다.

"예은창 너, 진짜 죽는다!"

"왜, 이 짐승 같은 지지배야? 너도 왜 그런 이상한 걸 거기에다가 두고 지랄이야!"

전혀 고3처럼 보이지 않는 유치한 짓을 벌이며 툭탁거리던 두 사람은 지하도가 끝나 위로 올라가며 다른 학생들과 출근길의 회사원들이 바글바글한 곳으로 오자 갑작스레 침묵 상태로 들어갔다.

어렸을 때 같이 목욕도 하고 잠도 잤던 소꿉친구라 그런지 자신들 본인은 이런 장난도 치고 유치한 싸움을 벌여도 아무렇지 않았지만 남들이 보는 시선에 있어선 조심해야 하기 때문이다.

옆에 바로 있는데도 다솔은 핸드폰을 꾹꾹 터치하여 은창에게 메시지를 보냈다.

초절정꽃미녀 : 너 이따가 점심때 굴다리 밑에서 형아 좀 보자. 오늘 넌 주거쎄――·

꽤나 오래전에 유행했던 싱하형이란 캐릭터의 개그이다.

그 캐릭터는 이소룡 특유의 표정을 우스꽝스럽게 합성하

여 만든 것인데, 유독 이소룡을 좋아하던 다솔은 아직까지도 이 철 지난 싱하형 개그를 자주 치고는 했다.

다솔이 카카오 톡을 보내고 고개를 드는데, 주변 분위기가 뭔가 이상했다. 학교 정문에서 얼마 안 떨어진 이 거리의 모든 사람들이 한곳만을 바라보고 있었다.

'교문 쪽이네. 왜?'

다솔도 교문 앞을 보니 거기엔 하얀색 고급 승용차에서 내리는 교복 차림의 소녀가 있었다.

누군가의 입에서 터진 탄성.

"우, 우와!"

교복 디자인이 다른 여학생들과는 좀 달랐다.

은창이 다니는 도일 고등학교의 여학생 교복은 회색빛 원피스로 속에 하얀색 블라우스를 입고 그 위에 받쳐 입는 형태였다.

주변 지역은 물론이요 전국에서도 예쁜 디자인의 교복으로 꼽혀 타 학교 여학생들의 부러움을 사고 있다.

그리고 어제 새로운 교복 디자인이 발표되었는데, 일반적인 발표 시기인 연말, 연초보다 늦어서 재학생은 물론이요 새로 입학한 1학년들까지 입을 수 없게 되어 학생들의 원성을 샀다.

그런데 지금 저 승용차에서 내리는 학생이 그 교복을 입고 내린 것이다.

"예쁘다⋯⋯."

"쩐다."

등교하던 남학생들에게서 연신 감탄사를 받는 여학생 장 보람은 자신을 태워다 준 운전기사에게 생긋 웃으며 인사했다.

"고마워요, 아저씨. 이따가 봐요."

레이스가 달린 연베이지색 짧은 주름치마에 하얀색 블라우스, 여기에 파스텔 톤 분홍 재킷, 여기에 맨다리 위로 신은 어그부츠까지. 보통 미니스커트나 핫팬츠 수준까지 짧진 않은 교복 치마에 어그부츠를 신으면 다리가 짧고 굵어 보이는 참사가 벌어지지만, 극세사라 할 수 있을 정도로 다리가 얇은 보람이 신어주니 너무나 예뻤다.

가녀린 체구에 눈이 큰 보람에게 너무나 잘 어울리는 새 교복은 그녀의 청순함과 귀여움, 화사함을 더욱 강하게 이끌어내며 환상적인 조합을 만들어내고 있었다.

더구나 1학년은 물론이요 2학년과 3학년 중에서 아직 아무도 새 디자인의 교복을 입지 않은 상태이기에 그녀는 더욱더 돋보였다.

남학생은 물론이요, 여학생에 지나가던 회사원들까지 모두 넋을 잃고 보람을 쳐다보는데다가, 심지어는 무섭기로 소문난 배불뚝이 학생주임까지도 손에 쥐고 있던 담배를 떨어뜨렸다.

속으로 남자들이 한심하다 생각하며 다솔은 살짝 눈살을 찌푸리다 옆을 쳐다봤다.

"헤……."

은창이 입을 벌리고 침까지 흘릴 기세로 보람을 보고 있다.

자신의 절친이자 소꿉친구인 은창마저 이리 한심한 모습을 보이자 다솔은 이마에 힘줄을 돋아내며 분노를 터뜨리고자 했다.

그리고 이때, 단정한 걸음걸이로 허리를 꼿꼿이 세운 채 걷던 보람의 시선이 얼핏 은창 쪽을 향하였다.

살짝 눈을 동그랗게 뜬 보람이 뭐가 재밌는지 싱긋 미소를 지었다.

"컥!"

은창의 눈앞으로 수천 송이의 장미와 벚꽃, 꽃가루, 별 가루가 수도 없이 날아다니는 환상이 일어났다.

그리고 이때,

다솔이 은창의 뒤통수를 통렬하게 가격했다.

빠아악!

"으헉?"

그것까지 목격한 보람이 결국 까르르 웃음을 터뜨렸다.

분노로 인하여 기공까지 사용하여 은창을 때린 다솔이 씩씩거리며 혼자 걸어가고, 사람들의 시선은 보람이 보고 웃은 은창에게로 향했다.

그리고 신기한 현상이 일어났다.

은창에게로 향하던 시선 삼분의 일이 다솔을 발견하고 그대로 따라가고, 나머지는 은창을 무섭게 노려보게 된 것이다.

은창 본인은 절대 모르고 느끼지도 못하지만 다솔은 학교 내에서 인기가 굉장히 많았다. 물론 그것이 보람의 아성을 넘볼 수준은 아니지만 위협할 수준은 된다.

그리고 지금 입고 있는 다솔의 원피스 교복 역시 본래 '다솔 맞춤 교복'이라고도 불릴 정도로 그녀의 늘씬함을 제대로 빛내주는 안성맞춤 교복이었다. 물론 다솔을 빼고서라도 기존 교복 역시 새로운 교복 못지않게 예쁜 교복인 게 맞고 말이다.

웃음을 터뜨리던 보람이 학교로 들어가고 화가 난 다솔도 따라가자 이제 모든 시선이 은창에게로 쏟아졌다.

시선의 의미는 다양했다.

감히 보람이의 미소를 받은 미천한 놈.

감히 다솔이를 화나게 한 멍청한 놈.

그리고 그냥 재수 없는 놈.

"……."

그리고 그중에서도 가장 지독한 원한이 불타는 시선의 주인공은 바로 심창원이었다.

'나쁜 새끼! 개 같은 사기꾼 놈! 예은창! 내가 널 꼭 죽여 버리고 말겠어!'

기공까지 곁들인 다솔의 공격에 뒤통수를 맞았던 은창은 현재의 상황에 대해서 알지도 못한 채 쪼그리고 앉아 머리를 부여잡다가 왠지 모를 오한이 들어서 고개를 들었다.

"응? 뭐야?"

은창이 고개를 드는 순간,

심창원은 귀신같이 빠른 움직임으로 고개를 돌려 언제 은창을 저주하며 노려봤냐는 듯 태연하게 왼팔과 왼다리를 동시에 움직이며 걸어갔다.

왼발을 내밀며 왼팔을 앞으로 올리고,

오른발을 내밀며 오른팔을 앞으로 올리고.

"뭐야, 저 미친놈은? 왜 저러고 걸어?"

황당하여 그렇게 중얼거린 은창은 지각까지 고작 5분밖에 남지 않은 시간을 확인하고는 급히 교문으로 뛰어들어갔다.

"얌마, 꼴통!"

잡은 건 바로 학주였다.

"왜요?"

"엎드려! 이 새끼가 어디서 태연하게 왜요?"

그제야 은창은 자신이 어제 무단결석했단 사실을 깨달으며 엎드렸다.

"이 사랑의 매가 사망의 매가 될 때까지 맞아봐라."

그렇게 말하며 학주가 은창의 엉덩이를 목표로 휘두르는 나무 막대기에는 '사랑의 매'라는 글자가 선명히 적혀 있었다.

* * *

너무 배가 고파서 은창은 잠에서 깼다.

"아, 아오! 뭐야? 지금이 몇 시야?"

둘러보니 교실에는 은창 혼자밖에 없었다.

시간을 확인해 보니 12시 20분. 점심시간이 벌써 20분이나 흘러 있었다.

평소대로라면 점심시간 땡 치자마자 다솔이 와서 은창을 깨우고 함께 밥을 먹으러 갔을 것이다. 하지만 단단히 삐친 모양인지 다솔은 다른 애들과 어울려 밥을 먹으러 가버렸다.

누군가 깨워줄 만도 했지만, 지랄 맞은 성격과 함께 퇴마사라는 이상한 아버지를 둔 탓에 은창은 다솔 외에는 변변한 친구가 없었다.

"에이, 망할 지지배. 이럴 때면 또 보통 여자애들이랑 똑같이 속이 좁고 잘 삐친단 말이야."

남녀 차별적인 발언을 중얼거리며 은창은 자신의 침으로 범벅이 된 책을 덮고 일어나서 기지개를 켰다.

"흐아아아암!"

학교 식당에 가서 혼자 밥을 먹는 게 창피하진 않지만, 오늘은 밥보단 그냥 햄버거가 먹고 싶었다.

학교에서 얼마 떨어지지 않은 곳에 위치한 버거킹의 와퍼가 말이다.

"꿀꺽."

입에 가득 고인 침을 삼킨 은창은 달리듯 1층으로 내려간 뒤 선생님들의 눈이 잘 닿지 않는 으슥한 사각지대로 향했다.

항상 그렇듯 거기엔 먼저 온 손님들이 있었으니 바로 흔히 말하는 일진이었다.

남녀가 섞여서 끊임없이 침을 뱉으며 담배를 피우던 그들이 은창을 발견하고 흠칫했다. 얼마 전 다솔에게 박살 난 것이 다 예은창 때문이다.

킥복싱을 배워 도일 고등학교 내에서 싸움 실력으론 1, 2위를 다투던 심창원이 여자에게 개처럼 얻어맞았다는 소문이 쫘악 퍼져 버린 상황.

아무리 무술소녀니 뭐니 해도 여자에게 맞았다는 사실만은 틀리지 않았고, 덕분에 심창원과 일진은 다른 학교 일진 사이에서 온갖 멸시를 당하는 처지였다.

그 모든 일의 원흉이 예은창이었다.

당연히 하루 종일 은창만을 생각하며 이를 갈던 일진이다.

그런데 이렇게 일진의 아지트로 은창이 찾아온 상황.

심창원은 눈에 불을 켜고 소리쳤다.

"예은창 이 씹새끼, 일루 와봐!"

하지만 은창은 이미 그들에게 조금의 관심도 없었다.

예전부터도 그런 경향이 있었지만, 어제 마귀와 싸운 이후
로는 일진이니 뭐니 하는 것들이 시시하고 가소로울 뿐이다.

심창원은커녕 일진 쪽으로 시선도 주지 않은 채 그저 학교
담장 위로 뛰어오르며 한마디 했을 뿐이다.

"그러다 목에 구멍 뚫고 산다, 골초 새끼들아. 담배 좀 작
작 펴라."

그 말을 남기고 은창은 담에서 뛰어내렸고, 닭 쫓던 개가
된 심창원과 일진은 벙찐 표정이 됐다.

"야, 야, 이 빌어먹을 사기꾼 새끼야! 일루 와! 일루 안 와?"

은창이 넘어간 담벼락 앞에까지 가서 심창원이 고래고래
소리를 질렀지만 은창은 돌아오지 않았다.

그리고 일진 중에서 한 여자아이가 심창원의 옆까지 걸어
와서 벽에 담뱃불을 지져 끄면서 물었다.

"야, 너 키가 몇이냐?"

"나? 난 180이지."

심창원에게 키를 물어본 여자애가 담장 높이와 심창원의
키를 멍한 표정으로 번갈아 보다가 말했다.

"이 담장, 못해도 2미터는 되겠지?"

그러자 다른 일진 남자애 중 하나가 대답했다.

"그쯤 되겠지. 근데 왜?"

"…2미터를 제자리에서 손도 안 쓰고 뛰어넘는 게 가능한
일이야?"

"당연히 불가능하지! 그게 사람이냐?"

"…방금 예은창이 그렇게 했는데?"

"……."

"……?"

일진 모두 말을 잃었다.

"그 새끼 뭐야?"

Chapter 07

인간들은 재밌군

선생님들의 눈을 피해 밖으로 나온 은창은 주머니에 손을 찔러 넣은 채로 걸어가 버거킹에 도착하였다.

은창은 평소 먹고 싶던 와퍼와 감자튀김, 치즈스틱에 콘 샐러드까지 시켰다.

"좋아, 이제 먹어볼까?"

하고 먹기 시작하려는데 누군가의 손이 훅 들어와서 치즈스틱을 집어 먹었다.

"......?"

손의 주인은 거기서 멈추지 않고 태연하게 콘 샐러드까지 집어서 아직 은창도 쓰지 않은 종이 숟가락을 사용하여 맛있게 먹기 시작하였다.

"너 뭐야?"

은창의 입에서 퉁명스러운 소리가 튀어나왔다.

베이지색의 짧은 주름치마에 눈처럼 하얀 블라우스, 파스텔 톤의 연분홍빛 재킷. 그러니까 도일고의 새로운 교복을 입은 보람이가 태연하게 자리에 앉으며 말했다.

"타이밍이 안 좋았나? 너 다음부터 주문이 밀려서 내가 시킨 건 늦게 나온다고 하더라고."

물론 은창은 보람을 아주 예쁘게 본다. 천사라 여길 정도로.

하지만 단지 그뿐이다. 그것 때문에 호감을 가진다거나 더 잘해줘야 한다거나 하는 부담도 느끼지 않는다.

더구나 이렇게 둘이서 얘기를 해본 것도 고등학교 3년을 통틀어서 이번이 처음이 아닌가? 친하지도 않은 사이다.

"그 얘기가 왜 나오냐? 그거랑 내 콘 샐러드가 나의 입속이 아닌 네 입속에 들어가는 이 빌어먹을 일과 무슨 연관이 있는데?"

보람이 눈을 동그랗게 떴다.

"이럴 수가? 나한테 이렇게 말하는 사람은 처음 봤어."

"왜? 그렇다면서 나한테 반했다고 하게? 그럼 나야 땡큐하긴 한데, 너무 막장 드라마 같지 않겠냐?"

보람은 입을 가리고 '쿡쿡대며 웃었다. 마치 중세시대 영화나 만화의 명문 귀족가 소녀 같은 모습이었지만 보람이니까 굉장히 잘 어울렸다.

"너, 재밌네! 이름이… 예은창 맞지?"

이 주변 학교에서 그야말로 아이돌이라 할 수 있는 보람이 자신의 이름을 알자 은창은 놀라 눈을 동그랗게 떴다.

"어?"

보람이 배시시 웃었다.

웃는 표정에 따라 반달처럼 휘어지는 눈이 귀여우면서도 매력적이다.

"모르면 도일고 애라고 할 수 없겠지? 별명은 꼴통에 아버지는 퇴마사? 학교 남자애들 중 유일하게 긴 머리. 아, 근데 어떻게 긴 머리를 하고도 괜찮은 거야? 학주가 뭐라고 안 해?"

자신이 생각보다 유명하단 생각에 은창은 속으로 '끙' 하며 앓는 소리를 냈다. 그다지 좋은 방향의 유명세가 아니기 때문이다.

"우리 가업이 퇴마사다. 머리카락은 우리에게 중요한 것이야. 그러니까 그게 특별 사유가 되어서 난 괜찮아."

자신이 물어본 것에 대한 은창의 대답을 귓등으로 흘리듯 들으며 보람은 짧은 스커트 차림으로 다리를 꼬았다.

그리고 딴소리를 했다.

"아, 행복해. 이게 바로 자유로구나."

보람이 다리를 들어 올리는 순간 본능적으로 눈이 돌아가 은창은 얼굴을 살짝 붉혔다. 그리고 손을 뻗어 콘 샐러드를 뺏어오며 말했다.

"휘이, 저리 가! 난 혼자 있고파."

하지만 보람은 고개를 저었다.

"싫어!"

"가. 얼른 저리 멀리! 휘이!"

"싫어!"

"싫어도 어쩔 수 없을 것 같은데, 이젠?"

"싫어!"

그리고 이때, 그녀의 바로 뒤에서 다른 목소리가 들렸다.

"싫어도 어쩔 수 없습니다, 아가씨."

말을 한 것은 영화배우라고 해도 믿을 정도로 잘생긴 청년이었다.

하얀색 정장에 검은색의 가죽 죽도 케이스를 등에 멘 그는 이십대 후반 정도에 선이 얇고 여성스러운 얼굴을 지녔으나 눈 밑을 지나는 긴 상처가 강한 임팩트를 주고 있었다.

"헉! 아저씨, 언제 왔어요?"

보람의 물음에 남자는 고개를 살짝 숙이며 말했다.

"놀라게 해드렸다면 죄송합니다, 아가씨. 그리고 불량식품은 몸에 좋지 않습니다."

"패스트푸드예요."

"불량식품이죠."

"패스트푸드라니까요!"

"불량식품입니다만."

은창은 둘이 하는 짓거리를 보며 간단히 정리했다.

'꼴통은 내가 아니고 아저씨랑 보람이네. 커플이냐?

"패.스.트.푸.드."

보람이가 웃으면서 말을 딱딱 끊어 내뱉자 분위기가 싸해졌다.

남자가 슬그머니 말을 돌렸다.

"몰래 빠져나가시는 것도 좋지 않습니다. 가시죠."

양손을 허리에 얹은 보람은 골이 난 듯 두 볼을 빵빵하게 부풀리며 일어났다.

"쳇, 가요!"

"감사합니다, 아가씨."

보람의 뒤를 그림자처럼 따르며 남자는 은창을 매섭게 노려봤다.

마치 두 번 다시 접근 따위 하지 말라는 듯 말이다.

그리고 은창 역시 어딘가 익숙한 느낌이 드는 남자를 지지 않고 마주 노려봤다.

두 사람의 시선이 치열하게 얽혀들며 불똥을 튀기다 남자가 보람을 따라가기 위하여 턴을 한 순간 끝났다.

은창은 보람과 남자의 뒷모습을 보며 투덜댔다.

"이대로 카메라로 찍은 뒤에 누구한테 보여주면 흔하디흔한 드라마의 한 장면이라고 할 정도로 더럽게 상투적이네. 부잣집 아가씨의 도망과 그녀를 잡으러 온 보디가드라니."

그렇게 말하고 은창이 콘 샐러드 통을 내려다보니 그 짧은 사이에 어찌나 많이 먹었는지 벌써 바닥이 드러나고 있었다.

"에, 에이씨. 저것도 나쁜 지지배네. 매일같이 로브스터에 샥스핀만 먹고 살 여자애가 이 불쌍한 서민의 콘 샐러드나 뺏어 먹고 말이야."

은창은 조금 남은 콘 샐러드를 모조리 입안에 싹 털어 넣고 보람 때문에 여태 한 입도 못 먹고 있던 와퍼를 집었다.

육즙이 넘치는 두툼한 고기와 야채, 빵의 조화를 보는 것만으로도 은창은 침이 뚝뚝 떨어질 것만 같았다.

그리고 베어 물려는 순간,

그의 뒤통수를 누군가가 후려갈겼다.

"예은창, 이 꼴통 새끼! 무단결석도 모자라 이젠 무단 외출이냐? 씹새끼, 오늘 한번 뒈져봐라."

아직 한 입도 먹기 전이다.

불독 학생주임에게 교복을 잡힌 채 끌려가며 은창은 소리쳤다.

"잠, 잠깐만요! 저것만 먹고요! 이것 좀 놔줘요—!"

"시끄러! 너 같은 새끼에겐 빵도 아까워!"

*   *   *

"심창원 너도 다됐구나?"

"닥쳐, 새끼야! 내가 요새 컨디션이 안 좋아서 그랬던 거라니까!"

교문 앞.

심창원은 도일고 유도부 주장이자 얼마 전 폭력으로 경찰서에 다녀온 탓에 정학 처분을 받는 중인 조봉평과 함께 교문 근처에 서 있었다.

학생, 그중에서는 양아치의 세계에는 조직이 존재하는데, 가장 작은 단위로는 학교마다 존재하는 일진이 있고, 그 위로는 '연합' 이란 것이 존재한다.

이 연합은 지역별로 나뉘어져 있는데, 서울은 워낙 대도시이기에 강남, 강북, 강서, 강동 네 개 연합이 존재하며 송파는 강동연합에 속해 있다.

그리고 조봉평은 강동권(송파, 강동 등)을 아우르는 강동연합 내에서 싸움 실력으로 열 손가락 안에 드는 실력자였다.

현재 도일고 내부에서는 심창원과 조봉평의 싸움 실력이 비슷하다 평가되고 있다. 하지만 실상은 전혀 달랐는데, 심창원이 조봉평보다 훨씬 약하지만 둘이 워낙에 오랜 친구 사이라서 조봉평이 심창원의 허세를 봐주고 있었다.

"예은창 개새끼, 오늘 제대로 발라 버리겠어."

점심때 예은창이 2미터가량의 담을 한 번에 넘어가던 모습.

그걸 본 도일고 일진들은 모두 충격을 받았으나, 이후 자기들끼리 얘기하면서 싸움은 못해도 운동신경은 좀 할 수 있다고 결론을 내렸다. 팔씨름 잘한다고 싸움을 잘하는 건 아니라며 간단히 결론을 내리면서.

오늘은 야자가 없는 날, 심창원과 조봉평은 교문을 통해서 쏟아져 나오는 애들을 유심히 살피며 은창을 찾았다. 그리 어려운 일은 아니었다.

삼삼오오 몰려다니는 애들과 달리 은창은 혼자 다니고 있을 확률이 높고, 거기에 남학생인데도 긴 머리는 유독 튀기 때문이다.

오래 기다릴 일 없이 은창은 굉장히 빨리 모습을 드러냈다.

무언가 바쁜 일이 있는 듯 뛰어나오는 은창을 조봉평이 막아서며 말했다.

"야, 꼴통, 너 손 좀 봐야겠다."

지금 교문 근처엔 선생님이 없었다.

조봉평은 다른 애들이나 일진에게 본보기로 보일 겸, 또 은창이 반항하지 않고 얌전히 으슥한 곳까지 따라오게 만들기 위해서 다짜고짜 주먹을 날렸다.

어릴 때부터 여러 운동을 배워온 조봉평이다. 주 종목은 유도였지만 태권도 실력도 상당하였다.

더구나 키 190에 109kg인 거구의 근육질 몸은 딱히 태권도라거나 다른 타격기를 배우지 않았다 해도 주먹질에 엄청난 위력과 속도를 가져다줄 것이다.

"뭐야? 양아치 2냐? 귀찮게 하지 마. 나 지금 바쁘다."

그렇게 말하며 은창은 날아오는 조봉평의 주먹을 심드렁하게 봤다.

궤적을 읽고 오른손을 움직여 조봉평의 팔을 쳐 주먹이 빗나가게 만들고, 놀란 표정이 된 조봉평의 복부와 명치를 연달아서 가볍게 가격했다.

가까이에서 맞은 조봉평도 자신의 배와 명치를 때린 주먹이 흐릿하게 보였을 정도이니 근처의 학생들과 심창원은 무슨 일이 벌어진지도 제대로 알 수 없었다.

뛰어가던 걸음을 멈추지도 않은 채로 조봉평을 때린 은창은 계속해서 달려 교문을 빠져나갔고, 심창원은 갑자기 아무 움직임도 보이지 않는 조봉평이 이상해서 그에게 다가갔다.

"야, 너 뭐해?"

그렇게 말하며 어깨를 잡고 얼굴을 봤는데, 이미 반쯤 정신 나간 조봉평이 입에 게거품을 한가득 물고 있었다.

"그르르르르."

"헉! 야, 괜찮냐?"

*   *   *

"나 팩 해야 하니까 귀찮게 하지 마."

설거지를 끝내고 은수가 있는 건너편 방에다 대고 소리친 소영이 방 안으로 쏙 들어갔다.

"윽?"

방문을 닫자마자 소영은 어깨를 잡고서 비틀거렸다.

입술을 깨물며 웃옷을 홀렁 벗은 소영은 화장대 앞에 앉아 브래지어 끈을 내리며 피로 새빨갛게 젖어버린 어깨의 거즈를 떼어냈다.

화장대를 살피던 소영은 다 닳은 두루마리 속지를 와락 꾸 겨선 입에 물었다.

그러곤 서랍 안에서 소독 액이 든 병을 들어 어깨 위에 주저 없이 들이부었다.

"우욱!"

고통으로 눈을 치뜬 소영은 거울에 비친 어깨의 상처에서 노란 고름과 거품이 한데 섞여 부글부글 끓어오르는 것을 봤다.

참을 수 없는 고통 탓인지 순식간에 얼굴빛이 창백해지고 식은땀이 소영의 귀와 뺨을 타고 줄줄 흘러내렸다.

소영은 입 밖으로 튀어나오려는 신음을 애써 억눌렀다.

현기증이 몰려와 휘청거리는 몸을 소영은 가까스로 화장대 모서리를 움켜잡고 버텼다.

"우우욱!"

순간적으로 몰려오는 어질어질한 상황에서 소영은 전날 밤을 떠올렸다.

앳된 은창이 지상에서 마귀들과 단신으로 육탄전을 벌이던 장면.

그 모습을 공중에서 지켜보기만 해야 했던 자신.

거품이 가라앉자 현기증도 차츰 가셨다.

휴지 속지를 입에서 뺄은 소영은 붕대를 꺼내 어깨와 옆구리를 사선으로 둘둘 말아선 붕대를 끊은 뒤 손과 입으로 붕대를 질끈 동여매 마무리를 했다.

"진짜는 꼭두각시놀이야. 그런 게 있어. 지금은 못 보여준다니까! 허세? 내가 손가락만 까딱해도 둘 다 한 방에 훅 가거든?"

소영은 은수와 은창 앞에서 자신이 했던 말을 떠올리며 입술을 깨물었다.

'이대로는 안 돼.'

단단히 결심한 소영이 갑자기 목에 건 목걸이를 끌러냈다. 목걸이에는 작은 열쇠가 달려 있었다.

열세를 쥔 소영이 화장대 맨 아래 서랍장을 열더니 그 안에서 자물쇠가 달린 철재 상자를 꺼냈다.

자물쇠를 풀고 뚜껑을 열자 장신구를 비롯한 온갖 잡동사니가 모습을 드러냈다.

"휴우~"

한숨을 내쉰 소영은 상자 안의 물건들을 거꾸로 엎어서는 뚝딱거리기 시작했다.

"다솔아, 이게 다 널 위한 거니까 원망하지 마. 우리 은창이 너한테 장가보낼 때 몸에 기스 나면 어떡해. 그치? 그래도 중고보단 쌔끈한 신상이 좋지 않겠어?"

은수는 방바닥에 앉아 괴황지를 머리 높이까지 쌓아놓고 쉬지 않고 붓을 놀리고 있었다.

그런 은수의 방은 온통 경면주사로 완성한 부적과 수백 개도 넘을 것 같은 종이로 접은 이상한 모양의 새가 가득했다.

한참을 붓을 놀리던 은수가 붓을 놓으며 욱신거리는 어깨를 주물렀다.

'그만 할까. 이 정도면 충분히…….'

거기까지 생각하던 은수는 불현듯 어젯밤 마귀들과 한바탕 한 뒤 코피를 주르륵 흘리던 자신의 모습을 떠올렸다.

"수련? 이 몸은 천재다. 이미 현현주력에 관한 모든 법문과 부적은 이 머리 안에 다 있다. 너희는 너희 앞가림에나 신경 쓰도록."

"……."

동생들에게 했던 말을 떠올린 은수가 발작하듯 벌떡 일어섰다.

그리곤 벽에 붙어 있는 다락문을 벌컥 열어젖혔다.

안에는 이제까지 은수가 접은 종이 새와 괴황지보다 열 배는 훌쩍 넘을 양이 가득 쌓여 있었다.

"이놈! 두고 보자!"

아직도 방금 전에 들은 것처럼 도망치며 외치던 마귀의 목소리가 생생하게 들렸다.

은수의 눈에 불이 확 붙었다.

"좋아, 그렇게 원한다면 진짜를 보여주지."

＊　　　＊　　　＊

은창은 빨리 집으로 달려가서 밥을 먹고자 생각했지만, 뛰다 보니 더욱 배가 고파져서 도저히 참을 수가 없었다.

어쩔 수 없이 근처 분식집에 가서 라면이라도 먹고자 지갑을 꺼내봤는데, 안에 있는 돈은 고작 천 원이 전부였다. 혹시나 싶어 주머니 속 동전까지 탈탈 털어봤지만 나오는 건 고작 백 원.

한 입도 먹지 못한 와퍼가 떠올라 또 가슴이 아파왔다.

"에이씨, 이 비루한 인생."

투덜대며 만만한 편의점으로 간 은창은 삼각김밥 하나와 천하장사 소시지를 하나 샀다.

"쓰읍—!"

입가에 고인 침이 흐르기 전에 닦아내며 은창은 삼각김밥의 포장을 벗겨내기 시작했다. 소시지는 벌써 주머니에 찔러 넣은 상태이다.

떨리는 마음으로 가운데 붉은색 띠를 벗겨낼 때였다.

타다다닥!

"……!"

머리카락이 등을 때린다?

"젠장."

은창은 인상을 쓰며 조용히 중얼거렸다.

그리고 걸음을 멈추고서 주변을 빠르게 살폈다.

해가 뉘엿뉘엿 넘어가는 도심은 곳곳에 화려한 네온사인이 그 햇빛을 대신하려 준비 중이었다.

도로를 오가는 수많은 제각각의 사람들 속에서 은창은 본능적으로 이질감이 느껴지는 한 인물에게 시선이 박혔다.

바지는 반짝이는 유광 스키니 가죽 바지, 상의는 검은색 무지 티에 역시 검은색 라이더 재킷, 여기에 은색 십자가 목걸이가 가슴께까지 내려와 있는 차림이다.

"어이, 여기 인간 세상, 오랜만에 오니까 너무 마음에 들어. 이 옷도 마음에 들고 말이야."

"……."

그는 처음부터 은창을 지켜보고 있었다는 듯 은창과 시선이 마주친 순간 아는 체를 했다.

시끌벅적한 인파에 달리는 자동차의 소음까지 섞여 있는데도 녀석의 목소리는 바로 옆에서 말하는 것처럼 선명하게 은창의 귀를 파고들었다.

사람들은 잘생긴 인간형 마귀의 주변으로 지나가며 '코스프레인가?' 하고 중얼대고 있다. 물론 도심 거리에서 혼자 저러고 있으니 이상하기는 했지만 말이다.

지금 마귀와 은창 사이에는 20미터가량의 거리가 있고 사람도 많았다.

그렇기에 사람들 중 누구도 마귀가 말을 하는 대상이 은창일 것이라고는 전혀 예상하지 못했다.

찰칵찰칵!

여고생과 어린 여대생 중 일부가 핸드폰 카메라로 남자를 찍기 시작했다. 남자가 스타일이 좋고 잘생겼기 때문이다.

이때,

툭!

커플 하나가 서로를 쳐다보며 다른 사람들 시선은 의식하지 않고 엉덩이며 몸을 더듬고 키득거리며 걸어가다 앞을 못보고 놈과 부딪쳤다.

"아야!"

부딪친 쪽은 여자.

근육을 크게 부풀려 어떻게 보면 징그럽게까지 보이는 쫄티의 남자가 인상을 험악하게 쓰고 마귀를 노려봤다.

"이 새끼가? 눈깔은 장식이냐? 죽을래? 엉?"

하지만 그는 자신에게 터무니없는 시비를 거는 남자에게 시선 한 번 주지 않았다. 그저 일관되게 은창만을 쳐다볼 뿐이다.

강남 유명 헬스클럽의 트레이너인 남자는 점차 열이 뻗침을 느꼈다. 어제 클럽에서 만나 오늘부터 사귀기로 한 여자 앞에서 강한 모습을 보여줘야 하는데 말이다.

"이 오타쿠 정신병자 새끼가. 얌마, 너 사과 안 해?"

트레이너의 여자 친구 역시 기세등등한 모습이다. 팔짱을 끼고 고개를 뒤로 거만하게 젖힌 채 남자를 노려봤다.

은창은 마주친 눈길을 피하여 주변을 살폈다.

그걸 본 남자가 피식 웃었다.

"도망가게? 아직 어려서 그런가?"

남자의 말이 자신을 향한 것이라 착각한 트레이너는 한참 어린 오타쿠에게 업신여김 당했단 생각에 분노하여 오른팔을 쭉 뻗었다가 앞으로 내밀었다.

물론 주먹을 꽉 쥐고서.

"이 비리비리한 새끼가!"

옆에 있던 야한 옷차림의 트레이너 여자 친구도 표독스럽게 외쳤다.

"그래, 혼 좀 내줘, 오빠!"

그 순간이었다.

서걱—

투둑!

근육질의 팔 하나가 피를 뿜으며 땅바닥으로 떨어졌다.

"끄아아아악!"

마귀의 예리한 낫에 의하여 오른팔이 팔꿈치 위에서 잘린 트레이너가 비명을 지르며 그 자리에 쓰러졌다.

"히, 히이익!"

그 광경을 바로 옆에서 본 여자는 무릎을 모은 채 주저앉았고, 팔 잘린 트레이너가 몸부림치는 탓에 피가 튀어 여자의 얼굴과 옷을 모두 적셨다.

여자의 짧은 치마 속에서부터 샛노란 오줌이 흘러나왔다.

그때서야 남자가 등에 메고 있던 큰 낫을 빼 들어 은창을 향해 겨누었다.

은창은 돌발적인 상황에 말도 못하고 입을 벌렸다.

"옛날이나 지금이나 퇴마사들은 눈에 안 띄려고 하는 건 똑같군. 물론……."

순식간에 거리가 피로 물들자 사방에서 '아악!' 하는 비명이 동시다발적으로 터져 나왔다.

남자가 씨익 웃었다.

"옛날이나 지금이나 우리는 이런 거 별로 신경 안 썼고 말이야."

"아악?"

"저 사람 팔이 잘렸어!"

"미, 미친놈!"

남자를 그저 단순한 코스플레이어라고 생각하던 사람들이 제각기 비명을 지르며 마구 도망쳤고, 주변엔 은창과 트레이너 커플만이 남았다.

꽝!

남자가 땅을 박차니 보도블록이 깨져 파편이 트레이너와 여자를 휩쓸었고, 남자는 은창을 향하여 일직선으로 쇄도해 들어왔다.

주춤주춤 뒷걸음질 치던 은창은 몸을 틀어 반대편으로 달음박질 쳤다.

'젠장, 사람이 너무 많아. 여기서 싸울 수는 없어.'

은창이 퇴마사의 아들이란 건 아는 사람은 다 아는 이야기다. 하지만 실제로 이런 능력을 갖고 있단 게 알려지면 평범한 생활은 그대로 안녕인데다가, 자칫하면 잡혀가서 인체 실험을 당할지도 모른다.

무엇보다 어제저녁 은수가 엄포를 놓았다.

"당분간 우리의 능력은 절대 드러내지 마라. 특히 은창, 혹시나 해서 하는 말인데, 영웅이 되고 싶다거나 인기를 끌고 싶다거나 멋있게 보이고 싶단 등의 하찮은 이유로 능력을 보이지 마라. 머리가 있으면 당연히 알겠지만, 장담하는데 그 즉시 국가기관에 붙잡혀 온갖 심문과 실험을 당할 거다."

은창은 어차피 방금 전 조우한 마귀가 자신을 따라올 거라고 생각했다.

금양보력으로 인하여 더욱 빨라진 동체시력을 바탕으로 눈에 드러나 보이는 CCTV들을 확인한 은창은 본능적으로 사각을 계산하여 몸을 띄웠다.

꽝!

보도블록에서 강하게 점프한 은창은 가로수의 절반을 넘게 뛰어올랐다가 나뭇가지를 손으로 잡고 빙 돌아서 위에 올라탄 뒤 다시 몸을 날렸다.

나뭇가지가 부러져 밑으로 떨어지고, 은창의 몸은 위로 솟구쳤다.

이번에 그가 도착한 곳은 가로등 꼭대기.

부우웅!

파공성이 들려와 뒤돌아보니,

"히익?"

급히 피한 은창의 이마에서 실낱같은 피가 터지고, 은창의 긴 머리카락의 삼분의 일이 싹둑 잘려 바람에 흩날렸다.

낫에는 사슬이 연결되어 있었고, 남자는 손에 쥐고 있던 사슬을 튕겨 낫의 진로를 변경했다.

자신을 향해 다시 날아드는 사슬낫을 보며 은창이 가로등을 박찼다.

퍼펑!

충격을 받은 가로등이 터지고, 은창의 몸은 쏘아진 탄환처럼 날아가 서현 엠파이어 빌딩이라 쓰인 대형 빌딩의 1층 유리창을 깨고 들어갔다.

"꺄아아악!"

타다닷—

건물 안내 데스크 여직원의 비명 소리를 들으며 바닥을 몇 차례 구르고 벌떡 일어난 은창이 속도를 늦추지 않고 엘리베이터로 달려가 위로 향하는 버튼을 눌렀다.

띵!

엘리베이터는 다행히 1층에 있었으며 탑승자도 없었다.

급히 아무 층이나 누르고 닫기 버튼을 연타했다.

그때 남자가 은창이 깨뜨리고 들어온 창문을 통해 빌딩 안에 착지했다.

"쓰벌!"

띵!

[문이 닫힙니다.]

안내 멘트와 함께 엘리베이터 문이 움직였다.

그때 은창을 보며 웃고 있던 남자의 모습이 퍽 하고 사라졌다.

"……!"

순간 사라졌던 남자가 삼 미터 거리를 뛰어넘어 나타나더니 다시 사라져 또 삼 미터 앞, 그런 식으로 사라졌다 나타났다 반복하며 눈 깜짝할 사이에 은창과의 거리가 좁혀졌다.

"크윽!"

은창이 다급히 다리를 벌리고 주먹을 와락 움켜쥐며 응전 태세를 갖췄다.

퍽!

"……!"

남자가 마침내 은창의 바로 앞에 나타났다.

덜컥!

그때 간발의 차이로 엘리베이터의 문이 닫히며 엘리베이터가 움직이기 시작했다.

"후우~!"

은창이 십 년은 감수한 표정으로 참았던 숨을 터뜨리며 엘리베이터 벽에 등을 기댔다.

퍽!

"……!"

순간 고개를 숙이고 있던 은창의 눈앞에 검은색 부츠의 앞굽이 불쑥 나타났다.

"싸우기엔 좀 좁지 않아?"

머리끝이 쭈뼛 선 은창은 반사적으로 몸을 홱 틀며 발차기를 날렸다.

턱!

"큭?"

하지만 남자의 우악스러운 손이 먼저 은창의 머리를 통째로 움켜잡았다.

그리고 남자는 은창의 머리를 그대로 엘리베이터 유리벽에 내려쳤다.

콰창!

"커억!

순식간에 은창의 얼굴이 피범벅으로 변해 비명을 토해냈다.

하지만 은창도 가만있지 않았다.

머리를 붙잡은 남자의 손을 양손으로 붙잡아 비틀어 뿌리친 뒤 무릎으로 니킥을 선사하는 것과 동시에 오른 주먹은 목과 옆구리, 겨드랑이를 연속으로 쳐내고 왼손은 다리 한쪽을 잡아채 균형을 무너뜨렸다.

퍼퍼퍼퍽! 쿵!

"야아아앗!"

쓰러진 남자 위로 은창이 몸을 날렸다.

순간 남자가 양다리를 수직으로 세워 허리를 꽈배기처럼 비틀어 몸일 퉁기며 은창을 차올렸다.

퍼억!

쾅!

몸이 뜬 상태에서 공격을 허용당한 은창의 몸이 그대로 엘리베이터의 천장과 충돌했다가 떨어졌다.

쿠쿠쿵! 끼리리릭!

엘리베이터가 요동을 치며 바닥에 엎어진 은창과 쓰러진 남자가 함께 나뒹굴었다.

거의 동시에 벌떡 일어선 둘은 자세를 한껏 낮추며 서로를 노려봤다.

"……."

"……."

불현듯 남자가 차가운 미소를 흘렸다.

피가 얼어붙는 듯 온몸이 순식간에 싸늘해지는 느낌을 받은 은창이 흠칫하며 번개같이 몸을 옆으로 틀었다.

순간, 은창의 뒤쪽 공간이 일그러지며 거대 낫이 튀어나와 은창이 있던 자리를 사선으로 내리그었다.

씨익!

허공을 가르는 소름 끼치는 소리가 은창의 귀를 때렸다.

"제법인데? 감이 좋군."

철컥!

거대 낫의 손잡이를 붙잡은 남자가 소풍 나온 듯한 말투와 달리 은창을 향해 살벌하게 찍어 눌러갔다.

"흡!"

숨을 멈춘 은창이 바닥을 박차며 엘리베이터의 허리 높이의 지지대를 디뎠다.

쉬이이익! 쌔액!

하지만 서슬 퍼런 낫은 바로 등 뒤까지 따라붙었다.

지지대를 도약한 은창이 좌측으로 몸을 옮겨갔을 때 낫이 발목을 노리고 파고들자 다시 몸을 비틀어 남자의 머리를 뛰어넘어 반대편으로 넘어갔지만 거대 낫은 그새 또 머리를 노리고 흉험하게 그어왔다.

좁은 엘리베이터 안에서 은창의 몸이 흡사 뱀처럼 미끄러지며 벽에서 벽을 타고 쉴 새 없이 미끄러졌다.

파파파팡!

카앙! 카카캉!

은발의 남자도 은창의 묘기에 가까운 몸놀림에 못지않았다. 크기가 너무 커서 수직으로 세울 수도 없는 낫을 한 손으로만 붙잡고서 자루의 끝 부분과 중간 부분을 미끄러뜨렸다

당겼다 손의 위치를 바꿔가며 낫의 궤적을 자유자재로 조절해 은창을 쉴 새 없이 몰아붙였다.

몇 바퀴나 돌았는지 정신이 없을 무렵, 은창이 막 엘리베이터의 문을 디디려는 때였다.

띵.

[17층입니다.]

순간, 문을 디뎌 반대편으로 이동하려던 은창은 발이 허전해지는 것을 느꼈다.

'제기랄!'

엘리베이터의 문이 열리고 은창이 엘리베이터 밖으로 나뒹굴었다.

남자는 바닥을 구른 은창을 보며 살벌하게 휘두르던 낫질을 멈췄다.

"……!"

엘리베이터를 타려고 서 있던 사람들이 느닷없이 벌어진 일에 일순간 멀뚱거리며 은창과 엘리베이터 안의 남자를 번갈아 쳐다봤다.

은창이 남자를 경계하며 사람들의 눈길을 의식해 주변을 은밀히 살폈다.

그때 남자가 손에 든 낫을 어깨에 척 걸치며 은창을 불렀다.

"어이, 애송이."

"……?"

순간 남자가 낫을 붙든 손을 기습적으로 휘둘렀다.

콰직!

"크르륵?"

새빨간 피가 은창의 얼굴 위로 쏟아졌다.

은창은 자신에게 쏟아지는 피에 흠칫하며 고개를 돌렸다.

남자가 휘두른 낫에 목이 관통당한 남자가 눈자위를 하얗게 남기며 천천히 쓰러졌다.

"튀어도 아쉬울 건 없어. 여기서 분풀이하면 그것도 나름 좋으니까."

남자의 말이 끝나자마자 뒤늦게 사람들이 비명을 지르며 사방으로 몸을 피했다.

"아악! 사람 살려!"

"사, 살인이야!"

"사람이 죽었다!"

은창은 눈앞에서 죽어버린 남자의 모습에 충격을 받았다.

"자, 어떻게 할 테냐?"

은창은 엘리베이터 안의 남자와 비명과 아우성이 뒤섞인 사람들을 몇 차례 응시했다.

"……"

은창을 바라보던 남자가 하얀 이를 드러내며 환하게 웃었
다.

몸을 일으킨 은창이 엘리베이터 안으로 다가왔기 때문이
다.

"역시 인간은 재밌어."

남자가 환영한다는 듯 두 팔을 벌렸다.

띵.

은창이 엘리베이터 안에 들어서자 문이 서서히 닫혔다.

Chapter 08
꼬인다, 꼬여

"예, 예! 알겠습니다."

"뭐야? 뭐래?"

"관할 서에서 전화가 와 지금 출동 중이고 흉기를 든 강력 범죄자니까 자체 대응은 자제해 달라고."

"그걸 누가 몰라? 언제 오냐고, 언제!"

보안실은 난리가 아니었다.

신고가 들어오기도 전에 이미 엘리베이터 보안 카메라를 통해 둘의 살벌한 격투를 생중계로 보고 있던 직원들은 관할 서에 신고를 하는 것 말고는 속수무책이었다.

그때 또 다른 전화를 받고 있던 남자가 수화기에서 손을 떼며 다급히 소리쳤다.

"17층에서 살인 사건이 벌어졌다는 신고가 들어왔습니다!"

"뭐? 살인? 17층 비춰봐! 빨리!"

남자의 고함에 몇 초 안 되는 사이 모니터 전면에 17층의 상황이 여러 각도에서 각자의 모니터에 들어왔다.

"맙소사!"

"헉!"

피가 낭자한 복도와 혼란이 극에 달해 우왕좌왕하는 모습에 책임자로 보이는 남자가 의자에 털썩 주저앉았다.

"멈췄던 2호기 엘리베이터가 다시 올라갑니다!"

누군가의 외침에 보안실 안의 모든 이가 모니터를 일제히 쳐다봤다.

떵!

벨 소리와 함께 엘리베이터 문이 열리자 피범벅이 된 은창이 밖으로 튀어나와 바닥을 굴렀다.

"으으윽! 컥!"

교복이 걸레가 된 은창은 발작하듯 몸을 떨며 검붉은 피를 토해냈다.

은창이 엘리베이터 안을 쳐다봤다.

걸레가 된 은창의 교복만큼이나 엘리베이터 안은 셀 수도 없는 생채기가 거미줄처럼 가득해 작동하고 있는 것이 용해 보였다.

은발의 남자는 은창과는 다르게 멀쩡해 보였다. 상처는커녕 옷매무새도 처음과 그대로인 것처럼 보였다.

유일하게 다른 점이라면 은창을 보고 있는 표정이 더 이상 웃고 있지 않다는 것.

팟!

순간, 엘리베이터 정중앙에 서 있던 남자의 어깨 부근에서 노을 같은 광채가 번져 나왔다.

"크윽!"

남자가 순간 비틀거리며 어깨를 감싸 쥐었다.

팟츠! 팟츠츠!

하지만 연이어 남자의 옆구리와 가슴, 허벅지 등 곳곳에서 같은 빛깔의 광채가 솟아나더니 금이 가듯 남자의 온몸으로 퍼져 나갔다.

그 모습을 확인한 은창이 이를 악물며 불끈 주먹을 쥐었다.

남자가 은창을 노려보며 스산하게 중얼거렸다.

"금양보력?"

"……!"

남자의 말을 들은 은창의 눈이 커다래졌다.

"청우의 자손인가? 아니, 그럴 리가 없지."

남자는 제 스스로 한 말에 고개를 가로저었다.

"한우양의 후손이더냐?"

은창은 무슨 뜻인지 알 수가 없어 대답할 수 없었다.

금방이라도 금양보력의 항마력에 소멸당할 것처럼 금빛 광채에 잠겨가던 남자는 은창의 바람과 달리 서서히 갈무리 되듯 본래 모습을 되찾아갔다.

은창의 낯빛이 창백해졌다.

'금양보력이 통하지 않아!'

"운이 좋구나."

남자의 모습이 발부터 입자처럼 변해 흩어져 갔다.

"대승정의 명이 널 살렸다."

스아아아악!

그 말을 끝으로 남자의 모습은 엘리베이터 안에서 신기루 처럼 사라졌다.

"으……."

은창은 전신을 쇠몽둥이로 난타당한 것 같은 통증과 피로 감으로 철퍼덕 대자로 드러누워 버렸다.

그때 멀리서 도심에 메아리치는 사이렌 소리가 들려왔다.

헐떡이는 숨을 고르던 은창이 인상을 썼다.

"쉴 틈을 안 주네. 으씨!"

온몸이 부서질 것 같은 고통 속에서 은창은 난간을 붙잡고 계단 위로 올라갔다.

엘리베이터가 맨 위층에 도착해 아래로 다시 내려갔다간 이 난장판을 만든 주범 중의 하나이니 무슨 일이 벌어질지 뻔했다. 결국 택할 수 있는 길은 옥상뿐이었다.

손발이 덜덜 떨릴 정도로 체력을 소진한 은창이었지만 옥상 위로 올라와 지상을 둘러본 은창은 가장 만만해 보이는 건너편 건물을 골라 뒤로 한참을 물러났다가 힘차게 도약했다.

무려 30m가량을 날아 원래 있던 빌딩보다 좀 더 낮은 다른 빌딩 옥상에 착지한 은창이 멈추지 않고 달려서 다시 뛰었다.

그렇게 십여 개의 빌딩 위를 뛰어다니며 달려 자신의 집이 있는 방향으로 향하던 은창은 7층 정도 높이의 상가 건물 위에서 또 다른 상가 건물로 뛰던 중 머리가 핑하고 돌며 정신이 아득해지는 걸 느꼈다.

'으, 왜 잠이… 오는……'

현기증이라는 것을 알아채지 못한 은창은 갑자기 잠이 몰려온다고 착각하며 정신을 차리려 애썼다.

하지만 몰려오는 현기증을 이기지 못한 은창은 결국 지상에서 몇 미터 안 되는 곳을 점프에 이동하다가 제대로 착지하지 못하고 아래로 추락했다.

건물과 건물 사이로 사람이 한 명도 없는 으슥한 골목으로 떨어진 은창.

쿠다당!

"끄으으으……."

신음과 함께 은창은 비척거리며 일어서려 안간힘을 썼다.

하지만 그건 의지에 불과했고 실제로는 죽기 직전의 사람처럼 두 손으로 바닥을 기어가고 있었다.

간신히 골목 밖으로 나온 은창은 사람들이 오가는 것을 마지막으로 의식이 끊어졌다.

"꺄아아악!"

"뭐, 뭐야!"

피범벅이 되어 앞으로 쓰러진 은창을 보고 지나가던 여자가 비명을 지르고, 사람들이 주변으로 몰려들어 웅성거렸다.

때마침 하얀색 세단 하나가 끼익 소리를 내며 급정거했다.

안에 탄 사람은 바로 보람이었다.

하교하여 집에 가던 중, 학교 근처 빌딩에서 소란이 인 것에 호기심일 발동한 보람은 기사를 시켜 차를 몰다가 은창을 발견한 것이다.

비록 트레이드마크인 긴 머리가 잘렸지만 보람은 은창을 알아볼 수 있었다.

"뭐해요? 빨리 가서 데려와요!"

앞좌석에 있던 그녀의 보디가드 정민호 역시 은창의 얼굴을 확인한 상태였다. 그러나 뭔가 꺼림칙했다. 은창에게서 왠지 모르게 그런 느낌이 자꾸 들었다.

"아가씨, 괜히 소란에 휘말릴 필요는 없습니다."

"뭐라고요? 그럼 지금 저보고 같은 학교 친구가 저 꼴로 쓰러져 있는데 그냥 지나치라는 건가요?"

다소 고집 센 기질은 있지만 천성이 여성적이고 부드러우며 남에게 화도 잘 내지 못하는 성격이 바로 보람이다.

그런 그녀가 이렇게 화내는 것도 정민호는 자주 보지 못했다. 더는 어쩔 수가 없었다.

앞자리 조수석에 앉아 있던 정민호가 옆을 쳐다봤다.

상상을 초월할 정도로 무섭게 생긴 거구의 대머리 운전기사가 그의 시선을 받자 정민호가 툭 쏘아붙였다.

"뭐하냐?"

말을 하고서 정민호가 얼굴을 살짝 찡그리니 여성적으로 생긴 얼굴에 길게 나 있던 상처가 꿈틀거리며 상당한 위압감을 풍겼다.

"아, 아닙니다!"

얼굴만으로 살인을 할 수 있다고 해도 믿을 정도의 외모를 지닌 운전기사가 허둥지둥 차에서 내리더니 급히 달려가서 사람들 사이를 비집고 들어갔다.

"실례합니다. 제가 아는 학생이라……."

사람들이 운전기사를 봤다.

"……."

"……."

순간 이어진 정적.

말로는 실례한다 했지만 하는 행동으로 사람들이 받아들이는 건 전혀 그 뜻으로 보이지 않았다.

갑자기 나타난 희대의 연쇄 살인마+조폭 같은 느낌의 운전기사 때문에 사람들은 뒷걸음질 쳤다.

어떤 남자는 여자 친구도 버려둔 채 도망쳤으며, 유치원생 아이는 엄마의 손을 부여잡으며 울음을 터뜨렸다.

많은 사람이 자신을 쳐다보자 운전기사는 얼굴을 살짝 붉히면서 쭈뼛거리며 걸어가 은창을 들쳐 업었다.

그러나 운전기사가 뭔가에 화가 나서 얼굴이 상기됐다 생각한 사람들은 제각기 비명을 지르며 사방으로 흩어졌다.

"왜, 왜 저러는 거지?"

중얼거리며 돌아온 운전기사는 차 앞에서 잠시 갈등했다. 뒷자리에는 목숨 걸고 지켜야 할 아가씨가 타고 있는데, 거기에 은창을 태워야 할지 어째야 할지 모르기 때문이다.

철컥.

뒷문이 열리며 보람이 말했다.

"여기 이쪽에 태우세요."

"아가씨!"

정민호의 말에 보람이 대답했다.

"그럼 따로 태울 곳이 있나요? 아저씨가 안고 타기라도 하시게요?"

"으음, 나중에 혼나셔도 모릅니다."

"겁 안 나요. 아, 뭐해요, 테디 아저씨? 얼른 태워요."

보람의 채근에 테디라 불린 거구의 남자가 은창을 얼른 뒷좌석에 태웠다. 아직도 의식이 없는 은창의 몸이 옆으로 쓰러지려 하자 보람이 급히 잡아 자신의 허벅지 위에 머리를 얹었다.

그것을 본 정민호의 눈이 다시금 찌푸려졌지만 뭐라 말을 하진 않았다.

그저 테디에게 신경질을 낼 뿐.

"뭐하냐, 너? 빨리빨리 안 움직여?"

화들짝 놀란 테디가 급히 달려가 운전석에 앉았다.

"성진병원으로 가요."

성진병원은 보람의 할아버지가 회장으로 있는 오성그룹이 만든 곳으로, 한국은 물론이요 세계에서도 손꼽히는 병원이다.

달리는 차 안에서 보람은 은창을 내려다봤다.

얼굴에 묻은 피가 치마 밑 맨살에 닿아 허벅지가 더러워지고 있었지만 상관없었다.

그저 걱정이 될 뿐이다.

대체 무슨 일이 있었던 것일까?

어디서 추락이라도 한 걸까? 아니면 누군가와 싸웠나? 많이 다친 걸까? 어디가 잘못되지는 않을까?

자꾸 걱정되고 염려되었다.

물론 보람이 은창과 제대로 얘기해 본 건 오늘 점심때가 전부이다. 그것도 그리 오래도 아니고 잠깐이었다.

하지만 어릴 적부터 동정심이 많고 착해 힘든 상황에 빠진 사람을 보게 되면 자기 일처럼 도와주던 보람의 성격상 타인도 아닌 같은 학교의 동갑내기 학생이 다친 일은 가슴이 쿵쾅거릴 정도로 다급한 일이었다.

더구나 예은창이란 이름과 그에 관련한 이야기며 사건들에 대한 건 예전부터 꽤나 자주 접해본 것이기에 마치 옛날부터 알고 지낸 친구 같았다.

"테디 아저씨, 좀 더 빠르게 가주면 안 될까요?"

"알았습니다, 아가씨!"

테디가 엑셀을 더욱 강하게 밟았다.

그렇게 30여 분간을 더 달리던 중 갑자기 정민호가 차가운 목소리로 말했다.

"정신 차린 것 안다."

은창의 몸이 움찔했고, 보람은 눈을 동그랗게 떴다.

"어머?"

"에, 에이씨."

은창은 투덜거리며 부드럽고 향기가 나 계속해서 배고 싶었던 보람의 허벅지에서 몸을 일으켜 바로 앉았다.

"괜찮아, 너?"

강한 척하고 싶기도 했지만 지금의 상황은 도저히 그럴 수가 없었다. 온몸이 욱신거리고 힘이 없는 게 지금 당장 다시한 번 기절한다 해도 이상하지 않을 듯했다.

"아오, 쓰읍! 으, 아파……. 괜찮아, 괜찮아. 견딜 만은 해."

그렇게 말하고서 은창은 정신을 잃기 전 상황이 다시 한 번생각나 아찔해졌다.

'하마터면 죽을 뻔했어.'

죽음의 위기를 겪은 것도, 이렇게 기절을 해본 것도 모두처음이다.

자신이 정말 위험한 일을 하고 있단 자각이 새롭게 들었다.

하지만 일본 애니메이션과 비슷한 것들에서 나오는 주인공과 주변 인물들처럼 그게 무서워 이상 행동을 저지른다거나 마음이 무너지진 않았다.

공포심은 분명 존재하지만 단지 그뿐이다.

살고자 하는 마음은 누구보다 강하지만 그 때문에 도망치거나 하진 않는다.

은창의 그와 같은 눈빛 변화를 정민호가 백미러로 살폈다.

'이상한 놈이군. 분명 아가씨와 같은 고3일 텐데⋯⋯.'

정민호는 처음 봤을 때부터 은창이 탐탁지 않았다.

뭐라고 말할 수 없는 어떤 감이 은창을 멀리하라고 시키는 것 같았다.

가까이하면 안 될 놈, 특히나 보람과는 가까워지면 안 된다는 느낌만은 명확했다.

하지만 상황은 정민호의 바람과 달리 흘러가고 있다.

그것이 문제였다.

"정말 괜찮은 거야?"

"물론이지. 그러니까, 날 구해줘서 고마운데 내가 지금 빨리 집에 가야 돼서 말이지. 이만 내려도 될까?"

보람은 강하게 고개를 저었다.

"안 돼! 괜찮다는 말을 믿을 것 같아? 그런 몸으로 어딜 가겠다는 거야? 일단 병원으로 가."

병원에는 갈 수가 없다.

혹시나 은창의 몸이 보통 사람과 다르다는 점—금양보력의 존재—이 밝혀져도 문제고 상처가 누군가와 싸워서 생긴 것이란 게 드러나도 당연히 문제였다.

무엇보다 당장 형과 누나에게 오늘 일을 말해야 한다.

"나 정말 괜찮아. 봐봐. 내가 정말로 크게 다친 사람처럼 보여?"

은창의 말에 보람이 그를 다시 한 번 자세히 보았다가 이상한 것을 느꼈다.

'어? 아까 전까지는 분명 뭔가 심해 보이는 상처들이 있었던 것 같은데…….'

전신에 피 칠갑을 했던 은창이기에 보람도 자세히는 보지 못했다. 하지만 커다란 멍 자국과 베이고 쓸린 상처를 많이 본 듯싶은데 지금 보니까 그게 전부 사라져서 너무나 이상했다.

"마, 말도 안 돼. 분명 아까까지는…….."

보람의 놀란 얼굴을 보며 은창은 뭔가 꼬여가는 걸 마음속으로 느꼈다.

'젠장. 역시 그냥 대충 믿어주기는 힘든가.'

"차 세워라."

조수석에서 가만히 지켜보고 있던 정민호의 말이다.

"아, 알겠습니다."

테디가 정민호의 말에 따라 움직이는데 보람이 다시 말했다.

"아뇨. 세우지 마세요. 우리는 병원으로 갈 거예요."

그리고 은창도 말했다.

"아냐. 여기서 내려줘. 이젠 정말 괜찮아."

그렇게 말하고서 은창은 팔을 돌리는 시늉까지 해보였다.
물론 속으로 아픔을 꾹 참으면서 말이다.

하지만 스스로도 신기하긴 했다.

'금양보력이 과연 대단하긴 하구나.'

확실히 지금 겉으로만 본다면 은창의 모습은 병원에 갈 정
도의 수준은 아니었다. 거기다 정민호와 은창 본인이 병원에
가기를 거부하고 있는 상황.

결국 보람이 백기를 들었다.

"좋아, 병원에 가진 않을게. 대신 네 집 앞까지 데려다 줄
게. 이건 절대 거절하지 마. 그래야 내 마음이 놓이겠어."

외모나 성격과 다르게 보람의 고집이 정말 대단하단 걸 느
끼며 은창은 고개를 끄덕였다.

자신도 이 정도까지는 해야 더 귀찮은 일을 피할 수 있다는
생각이 들었다.

그리고 정민호 역시 어쩐 일인지 이번에는 딱히 반대를 표
하지 않았다.

흰색 세단이 방향을 틀었다.

어찌나 좋은 차인지 엔진 음은 물론이요, 진동도 느껴지지
가 않았다. 하지만 은창으로서는 그게 더욱 곤혹스러웠다.

'제길. 무슨 차가 이렇게 조용해? 어색해 죽겠네, 진짜.'

은창의 부상에 대한 이야기가 나온 후부터 이어진 정적은 끝날 기미조차 안 보였다.

테디는 아무 생각 없이 운전에 집중하고 있었고, 정민호는 포커페이스 때문에 어떤 생각을 하는지 도통 알 수가 없었다.

게다가 보람은 상처가 갑자기 사라져 버린 일 때문인지 계속해서 은창의 몸 여기저기를 살폈다.

그러다 보람이 뭔가를 깨닫고 주먹으로 손바닥을 탁 치며 뭔가 말하려는 순간, 은창과 정민호가 동시에 그녀의 말을 막 듯 말했다.

"다 왔네."

"내려라."

보람이 급하게 은창을 붙잡았다.

"잠깐만."

하지만 은창은 차문을 벌컥 열고 내려 버렸고, 보람이 그 뒤를 따라 내렸다.

그녀가 내리자 정민호 역시 내려서 보람의 옆을 지켰다.

"정말 진짜 괜찮은 거 맞지?"

"그렇다니까. 지금 똑바로 서 있는 거 안 보여?"

"하지만……."

은창은 아까 전까지만 해도 길거리에 기절해 있었으며 피도 많이 흘렸다. 아무리 현재 좋아졌다고 한들 이렇게 보내기엔 보람의 마음이 편치가 않았다.

하지만 본인이 원하니 어쩔 수 없는 일.

"알았어, 그래. 괜찮다니까 나도 어쩔 수 없지. 근데 이 안쪽에 너희 집이 있는 거야?"

여기는 광륜선원으로 들어가는 대나무 길의 초입으로, 차를 통해 들어올 수 있는 한계였다.

하얀색 서낭당 기가 걸린 대나무 숲을 보며 보람이 눈을 동그랗게 떴고, 은창은 뒷머리를 긁적였다.

'분명 저번 마귀의 침입으로 서낭당 기와 밧줄 등은 모두 불탄 걸로 기억하는데 형이 새로 달았나 보네.'

"아가씨, 너무 늦었습니다. 돌아가셔야 합니다."

정민호의 말에 보람도 어느덧 해가 저물어가는 하늘을 보고는 고개를 끄덕였다.

"알았어요. 그럼 우리는 가요."

그렇게 말하고 차에 타며 보람은 다시 한 번 은창을 보고 마지막 염려의 인사를 했다.

"집에 들어가서 푹 쉬고, 혹시나 몸이 안 좋으면 바로 병원에 가. 아, 혹시 차가 없으면…… 그렇지. 폰 좀 줘볼래?"

"폰을? 왜?"

"잠깐이면 돼. 주면 안 될까?"

은창은 아무 생각 없이 자신의 핸드폰을 건넸고, 보람은 거기다 자신의 번호를 꾹꾹 눌러줬다.

"아가씨!"

정민호가 옆에서 낮게 소리쳤지만, 보람은 귀에 귀마개라도 한 듯 무시하며 은창에게 폰을 돌려줬다.

"헤헤, 남자한테 번호 주기는 처음이네. 하지만 뭐, 혹시 모를 상황을 대비하는 거니까 괜찮겠지? 몸이 안 좋거나 다치면 꼭 연락해."

보람의 마음이 바로 전해오는 것 같아 은창은 자신의 핸드폰을 주머니에 집어넣으며 기분 좋게 웃었다.

"알았어. 고마워. 조심해서 가."

"응, 알았어. 다음에 또 기회 되면 보자!"

은창과 보람은 손을 흔들었고, 출발하는 차 안에서 정민호는 중얼거렸다.

"기회는 없을 겁니다. 저런 해충이 아가씨와 더 가까워지는 것을 전 용납할 수 없습니다."

친해지면 뭔가 보람의 신변에 안 좋을 것이란 생각이 확고부동하게 굳어져 있는 목소리였다.

정민호는 보람이 못 보게 오른손으로 폰을 꺼내 누군가에게 메시지를 보냈다.

예은창, 도일고등학교 3학년.

본인뿐만 아니라 주변까지 알아봐.

*　　　*　　　*

아침에 화가 나서 은창을 때리고 점심도 따로 먹고 혼자 지내던 다솔은 자꾸 짜증이 나고 기분이 안 좋았다.

'왜 이러지? 에이씨! 예은창, 그 나쁜 새끼 때문인가?

은창 생각을 하며 도서관에서 공부를 하던 다솔은 뭔가가 떠올라 깜짝 놀라고 말았다.

뚝!

힘이 들어간 탓에 볼펜 중간이 부러지고 말았다.

흘끔거리며 다솔을 훔쳐보던 중학생, 고등학생, 대학생, 아저씨들 몇이 흠칫하며 고개를 돌렸다.

다솔은 벌떡 일어나 자신의 짐을 챙겼다.

다솔이 열람실 밖으로 나가는 동안 일제히 남자들의 고개가 다솔의 늘씬한 다리 쪽을 향했다.

휙 돌아선 다솔과 일제히 흠칫하는 도서관 안의 남자들.

"뭐야, 이것들은?"

고개를 갸웃거린 다솔이 어깨에 멘 가방을 추스르며 밖으로 나섰다.

다솔이 향한 곳은 은창의 집이었다.

'분명 기공을 담았단 말이야. 근데 어떻게 멀쩡하지?'

다솔은 은창의 배에 주먹을 꽂아 넣은 일을 떠올리며 의심스러운 기분이 불쑥 솟아났다.

은창의 집을 향해 걸어가던 다솔은 광륜선원으로 들어가는 대나무 숲 초입에 굉장히 비싸 보이는 고급차가 도착하는 모습을 지켜봤다.

"에? 뭐지?"

광륜선원에 저런 차가 멈춰 설 이유가 없었다. 그때 누군가 뒷좌석에서 내렸다.

"은창이?"

멋대로 구겨지고 찢어졌으며 더러워진 교복에다가 애지중지하던 머리까지 자른 모습의 은창.

궁금하기도 하고 반갑기도 하여 은창을 부르려고 했던 다솔은 역시 뒷자리에서 내리는 보람의 모습을 보고 화들짝 놀라 자신도 모르게 가로수 뒤로 숨었다.

"왜, 왜 이래? 나 왜 숨었지?"

그리고서 손을 가슴에 대고 쿵쾅거리는 심장 소리를 들었다.

"뭔데? 왜 이러는 건데?"

혼잣말을 내뱉으면서도 여전히 숨은 채 은창과 보람이 대화하는 모습을 지켜보는 다솔.

"둘이 왜 같이 있는 거야? 예은창 저놈이 누구랑 친해질 녀석이 아닌데……."

여러 가지 이유로 인하여 은창은 학교에 다솔을 제외하고는 친구가 없다시피 했다.

그래서 다솔은 더욱더 은창과 붙어 다녔으며, 간혹 은창이 귀찮아하더라도 개의치 않고 함께 있어줬다.

이상한 기분 속에서 다솔이 두 사람을 지켜보는데, 이번엔 조수석에서 한 남자가 내렸다.

"저건 또 누구지? 이상하네. 분명 처음 보는 사람인데 왜…왜 자꾸 어디서 본 사람 같지?"

정민호를 보며 은창이 느꼈던 낯익음.

그걸 다솔도 똑같이 느끼고 있었다.

은창과 보람이 서로 마치 십 년도 넘게 알고 지낸 절친한 친구처럼 서로 인사하며 헤어졌다.

차가 떠난 뒤에도 은창이 헤벌쭉 웃으며 서 있는 것을 본 다솔이 갑자기 뛰쳐나갔다.

갑자기 심통이 크게 난 다솔은 방심하고 있던 은창의 뒤통수를 그대로 후려쳤다.

퍽!

은창이 천천히 뒤돌아서 다솔을 바라봤다.

"뭐야?"

은창의 삐죽 튀어나온 주둥이를 본 다솔이 자신의 손바닥을 멀뚱한 눈으로 쳐다봤다.

멀쩡한 표정의 은창과 벌겋게 달아오른 자신의 손바닥.

유심히 다시 은창을 쳐다보니 은창은 그저 놀라고 있을 뿐 전혀 아픈 기색이 없었다.

다솔이 눈을 매섭게 뜨며 은창에게 말했다.

"야, 너 혹시 오늘 피 토하지 않았어?"

그 말에 은창은 놀람으로 눈이 휘둥그레 변했다.

'뭐, 뭐야, 이 지지배? 어떻게 안 거지? 설마 다 지켜보기라도 했나?'

은창이 대답을 못하고 머뭇거리자 다솔이 한숨을 푹 내쉬었다.

"역시 다친 거구나. 지금은 괜찮은 거야? 속이 메슥거리고 어지럽진 않아?"

"으… 응……. 그런데 너… 설마……."

'내가 싸우는 걸 지켜본 거야?' 라고 말하려던 은창은 다솔이 미안한 빛을 잔뜩 내뿜으며 시작한 말에 입을 얼른 닫았다.

"미안해. 아까 아침에 내가 실수로 기공을 실어서 때려 버렸네. 진짜 미안해."

그제야 은창은 다솔이 오해하고 있음을 깨달았다.

물론 그 오해를 풀어줄 생각은 없으니 화난 표정을 지었다.

"뭐? 야, 너 또 그랬냐? 누굴 죽이려고 진짜! 전에 내가 며칠 동안 죽다 살아난 걸 알아, 몰라?"

중학교에 처음 들어갔을 때다.

그날까지 평생 치마를 입어본 적 없는 다솔이 교복 치마를 입었고, 은창은 '얼~ 다리 예쁜데?' 하고 놀리다 도를 지나쳐 '아이스께~끼!'를 외치며 치마를 들추고 말았다.

분노가 머리끝까지 닿은 다솔이 기공을 담아서 은창을 때렸고, 기공의 이상한 기운에 의하여 몸 전체에 충격을 받은 은창은 며칠 동안 심한 몸살에 걸린 것처럼 골골댔었다.

그 일이 있은 후로 다솔은 은창에게 기공을 사용하지 않고자 다짐했고, 은창은 자리에서 일어나자마자 교복을 입고 자신을 간호하고 있는 다솔의 치마를 다시 한 번 들추며 '아이스께끼!'라고 외쳤다.

물론 다 중학교 갓 입학한 시절의 일이다.

"미, 미안해. 나도 나중에야 깨달았어. 내가 화가 너무 나서……."

말하고서 다솔은 스스로 뭔가 이상함을 느꼈다.

'근데 왜… 왜 내가 아침에 그렇게 화가 났던 거지? 은창이가 보람이를 그렇게 본 게 뭐가 그렇게 큰일이라고. 그리고 아까 전에도 왜 그렇게 화가 났던 거지?

스스로의 마음이 왜 이러는지 알 수가 없어 이유를 곰곰이 따져보고 있는 다솔을 뒤로하고 은창은 광륜선원으로 향했다.

"야, 됐고, 이젠 괜찮아졌으니까 집에 가. 나도 들어가서 일찍 자게."

다솔의 눈에 은창의 찢어진 옷과 얕은 상처들이 보였다.

"잠깐만! 야, 너 또 누구한테 맞았지? 어떤 새끼들이야? 말해봐!'

솔직히 은창은 자신이 누구에게 맞으면 화를 내고 대신 응징해 주는 다솔이 고마우면서도 또 항상 자존심이 상했다.

어쨌든 자신은 남자요, 다솔은 여자가 아닌가.

힘이 생기기 전에도 그런 사실에 울컥하는 기분이 드는 것만은 어쩔 수가 없었다.

은창은 욱해서 뭐라 한마디 하려다가 쪼잔해 보일 듯하여 참았다.

"괜찮아. 지금은 혼자 있고 싶으니까 집에 가."

왜 그럴까.

순간 다솔은 짜증이 확 치솟았다.

"왜? 장보람 같은 애랑 같이 있으려다 나랑 있으니까 기분이 안 좋아졌나 보지?'

"야, 무슨 말을 그렇게 해?"

"그렇게? 그렇게가 어떤 건데? 이 나쁜 새끼! 속물아! 넌 내 마음도……."

'모르고' 라고까지 말하진 않았다.

소스라치게 놀랄 정도로 강한 깨달음을 얻은 순간 다솔은 황급히 입을 다물어 버렸다.

다솔을 노려보던 은창이 한숨을 푹 쉬며 말했다.

"알아, 다. 그리고 걱정하지 마."

"뭐, 뭘… 안다… 안다는 거야?"

얼굴이 확 붉어진 다솔의 더듬거림.

은창은 강한 눈빛으로 다솔을 쳐다보며 한자 한자 힘을 주어 또박또박 말했다.

"예전에도, 지금도, 앞으로도 내 가장 친한 친구는 다솔이 너 하나뿐이야."

"……."

"걱정 마라. 내가 대기업 회장 딸인 장보람이랑 잘돼서 신분 상승 제대로 되면 용돈 정도는 꼬박꼬박 챙겨줄게. 알았지, 친구야?"

그렇게 말하고 은창은 히죽 웃었다.

물론 장난이다.

기분이 나빠진 다솔을 웃게 만들기 위한 농담이다. 여태껏 살아오며 은창과 다솔은 이런 식의 장난도 많이 했고, 아무리 기분이 상해도 이러면 화가 풀리곤 했다.

유치원생 때부터 같이 크레파스 쓰던 친구 사이니까. 하지만 다솔은 은창의 생각대로 반응하지 않았다.

얼굴을 푹 숙이고,

주먹을 강하게 움켜쥐고 부들부들 떨며 이를 꽉 문 다솔이 은창을 때릴 듯 주먹을 움직였다.

"헉!"

아무리 금양보력을 배워 강해졌어도 변하지 않는 한 가지!

몸이 기억하는 다솔의 주먹.

은창은 눈을 질끈 감으면서 몸을 뒤로 뺐지만, 와야 할 타격이 느껴지지 않아 슬쩍 눈을 떴다.

'엥?'

두 눈이 붉어진 다솔의 눈동자가 살짝살짝 흔들리고 있었다.

시선이 향하는 건 은창 본인.

'왜, 왜 이래, 이 기지배가? 미쳤나?'

"이 나쁜 새끼, 멍청한 놈, 이 바보 같은 놈아!"

다솔이 다시 한 번 주먹을 들어 올리자 은창은 반사적으로 가드를 올려 얼굴을 방어했다.

하지만 이번에도 공격은 없었다.

다솔은 그저 혼자 한숨을 푹 쉬었다.

"됐다, 됐어. 들어가서 발 닦고 잠이나 자라."

그렇게 말하고 홱 뒤돌아서 걷던 다솔은 몇 걸음 가지 못하고 그 자리에 우뚝 서더니 천천히 몸을 돌리며 말했다.

"근데 예은창 너 말이야, 혹시……."

"응? 왜?"

혼자서 화내고 울먹이고 때리려 하다가 떠난다 하더니 마지막에 또 말을 거는 다솔의 모습이 은창은 너무나 이상해 보였다.

다솔은 은창을 잠깐 쳐다보다 이내 어색한 미소와 함께 고개를 내저었다.

"아냐. 아무것도 아냐."

그리고서 다솔이 다시 집을 향하여 발걸음을 옮기는데 은창의 목소리가 들렸다.

뭔가를 깨달았다는 듯 주먹으로 손바닥을 치며 말이다.

"그래! 야, 너 오늘 그날이냐?"

대체 다솔이 오늘따라 왜 이럴까 생각하다 내린 결론이다.

자신이 정답을 맞혔다는 생각에 기분이 좋아진 은창이 웃으면서 뒷머리를 긁적였다.

"진짜 미안하다, 야. 진작 말하지. 하도 남자애 같아서 너도 마법 걸리면 예민해진다는 걸 잊고 있었네. 짜식, 내가 다

이해해 줄게. 그런데 너도 오늘… 응?"

아무리 친한 친구라도 생리에 관한 이야기는 어쩐지 쑥스
러워 겸연쩍은 미소와 함께 주절주절 떠벌리던 은창은 갑자
기 온몸에 소름이 돋음을 느꼈다.

살기를 풀풀 풍기며 다솔이 은창을 돌아봤다.

그리고 삐걱 소리가 나는 듯한 인조적 웃음을 지었다.

"어떻게 죽여줄까?"

뒤이어 엄청난 격타음이 울려 퍼졌다.

뻐버버버버벅!

"으아악!"

Chapter 09

이러다 스타 되는 거 아냐?

"아! 쓰라려! 아프잖아!"

"이게 남자새끼가 뭐 이리 촐싹대? 내 동생이면 이 정도는 아무렇지 않게 견뎌야지."

"누, 누나가 아프게 하고 있잖아! 귀찮으면 그냥 하지 마! 내가 한다니까!"

세상에 누가 면봉으로 상처를 이렇게 우악스럽게 문지른 단 말인가. 은창은 은발마귀에게 맞을 때보다, 건물에서 떨어져 기절하고 일어났을 때보다 지금이 더 아픈 것 같아 계속해서 몸을 배배 꽜다.

"이 새끼가! 누나가 힘들게 해주고 있는데 잔말이 많아! 닥치고 가만있어!"

소영의 성질이 나오려 하자 은창은 입을 꽉 다물고 고통을 참아냈다.

부르르르!

핸드폰이 진동을 해서 꺼내어보니 바로 다솔의 메시지였다.

이 나쁜 새끼야! 다시는 나랑 얘기할 생각도 하지 마!

은창은 다솔이 꽤나 화났구나 생각하며 핸드폰을 다시 집어넣었다. 오랜 시간 친구로 지내며 이렇게 싸운 적도 한두 번은 아니다.

그때 들리는 은수의 목소리.

"그럼 그놈도 또 나중에 나타날 수 있겠군."

이곳은 별채 거실.

은창과 소영은 마주 보고 앉아 소독약을 바르고 있었고, 은수는 벽난로 옆에 기대서 있었다.

형의 말에 은창이 고개를 끄덕였다.

"분명 다시 만날 거야. 그 새끼, 다음엔 내가 진짜 끝장을 내버리겠어."

은수가 안경을 손가락 끝으로 슥 올리며 말했다.

"당연한 일. 놈은 반드시 네 손으로 끝장을 보도록."

다사다난했던 은창의 하루가 끝나고 광륜선원의 별채에 들어왔을 때,

그는 자신을 보며 놀라는 형과 누나에게 겪었던 일을 모두 말했고, 금양보력을 익힌 은창을 극한까지 몰아넣은 은발마귀의 존재에 은수와 소영은 놀라지 않을 수 없었다.

상처에 소독약을 발라준 소영이 구급상자를 원위치에 가져다 놓으며 말했다.

"그런데 마귀들은 대체 몇 명일까? 그놈들 모두가 다 강할까?"

은수는 고개를 저었다.

"너희는 못 본 책이 있다. 거기에 나오기를, 마귀의 숫자는 현계의 사람 숫자만큼 많으며 강함의 정도 또한 그 편차가 매우 크다 했다. 90% 이상의 마귀는 일반적으로 퇴마사에 비하여 약하며, 나머지 10% 정도가 강한 축에 속한다고 한다."

"우리가 못 본 책이라고?"

"그런 게 있어?"

소영과 은창의 물음에 은수는 고개를 끄덕였다.

"그래. 분명 어릴 적에, 소영이가 아직 글도 못 읽던 때에

존재하던 책이다. 워낙 재미있어서 아직까지 기억하고 있지. 제목은 기억이 나지 않는군."

"근데 그게 왜 사라진 거야, 오빠?"

은수는 끊었던 담배가 다시 생각나는 기분을 느끼며 말했다.

"불타서 사라졌다."

"뭐?"

"내가 절반까지 읽고 잠들었다 깨보니 책이 불에 타 재만 보였다."

은창과 소영이 동시에 같은 말을 했다.

"그거 아버지가 그런 거 아냐?"

"나도 그런 것 같아서 아버지에게 물어보니 자기는 그런 적이 없다고 하더군. 그리고 자기 생각엔 아무래도……."

"아무래도?"

"변태 영감이 뭐래?"

"자연 발화."

정적이 흘렀다.

자연 발화라니…….

은창과 소영은 아버지인 예응종에게 새삼 질렸다.

"꼰대, 아니, 아버지는 나에게 책이 자연 발화된 것 같다고 하더군. 하지만 아버지 책상엔 그전에 없던 불에 그슬린 자욱

이 생겨 있었지. 그때 또 술 먹었냐고 물어보니 안 마셨다고 하더군. 하지만 입에선 술 냄새가 지독하게 났다."

이건 뻔할 뻔자다.

은창은 한숨을 푹 쉬었다.

"어휴, 망할 아빠 같으니라고. 분명 또 고서는 등불에 봐야 제 맛이라면서 만취해 책 보다가 홀랑 태워먹은 거네."

소영도 손가락 끝으로 이마를 짚었다.

"마귀의 숫자와 강함 정도가 나와 있다면 오빠가 보지 못한 부분에도 우리에게 필요한 정보들이 있었을 것 같은데. 에휴. 정말 망할 인간이다."

그때쯤 은창의 상태는 많이 나아져서 작은 상처조차 보이지 않게 되었다.

아버지 예웅종 때문에 머리가 아파오던 소영이 그것을 봤다.

"야, 너 아까보다도 좋아진 것 같다? 처음엔 여기저기 베이고 그랬다지 않았냐?"

"응, 그렇지."

"아, 동생, 너 이제 사람의 범주를 넘어선 것 같다?"

"누나는 어릴 때부터 그랬… 컥!"

말하고 있는 입으로 정확히 날아온 주먹에 은창은 입을 다물 수밖에 없었다.

"하여간 이 새끼는 날이 갈수록 깐죽거림이 심해져. 몸빵 세다고 자랑하는 거냐?"

"아우우우."

은창이 아픈 입을 부여잡으며 아무 말도 못하고 있자 은수 가 두 동생을 보며 준엄하게 말했다.

"아까 말했듯 마귀의 숫자는 그렇게나 많고 우리보다 강한 마귀가 존재할 수도 있다. 그러니 우리는 서로를 지켜주기 위 하여 목숨을 아끼지 않고 싸워야만 한다."

은수의 말을 듣고 소영이 화들짝 놀라 말했다.

"그게 무슨 말이야? 내가 왜 내 목숨까지 희생해? 내가 살 아야지!"

은창도 맞장구를 쳤다.

"그럼, 그럼. 난 절대 죽으면 안 돼. 어차피 한세상, 결국엔 혼자라잖아. 난 벽에 똥칠할 때까지 살 거라고."

은수의 이마로 힘줄이 돋아났다.

꽝!

머리에 핵 꿀밤을 똑같이 얻어맞은 소영과 은창이 '악!' 하 고 소리를 내며 머리를 부여잡았다.

"이것들은 역시 맞아야 정신을 차리지."

*   *   *

광륜선원의 삼 남매가 곤히 잠든 깊은 밤.

송파경찰서 강력계는 비상이 걸려 야근하고 있었다.

도심 거리 한복판에서 낫을 든 정신이상자가 난동을 피워 사람 팔이 잘리고 폭발물 같은 것이 터져서 파편이 박혔다.

게다가 살인까지.

다른 무엇보다 요새 문제가 되고 있는 묻지 마 살인 난동에 폭발물까지 낀 사건이라 경찰 전체에 비상이 걸릴 수밖에 없었다.

주 형사는 계속해서 영상을 돌려보며 중얼거렸다.

"이 녀석은 대체 뭐지?"

은발에 붉은 낫을 들고 다니는 놈.

목격자들의 진술로는 한국어를 정확하게 구사했다고 하니 분명 외국인은 아니었다. 머리카락은 아마도 염색을 한 것이 아닐까 생각하고 있다.

"코스프레를 한 또라이, 아니, 그 뭐야? 뭐더라? 오… 오타후? 그래, 그런 새끼이지 않을까 싶긴 한데, 그런 새끼가 어떻게 이렇게 빠르냐고."

이해할 수 없을 정도로 빠른 속도였다.

목격자들이 찍은 핸드폰 영상이기 때문에 선명한 것은 아니지만, 육상선수라고 해도 낼 수 없는 속도였다.

은발남자의 모습을 찍은 핸드폰 중 단 한 명도 남자의 움직임을 제대로 따라잡은 영상이 없었다.

"게다가 나무를 뛰어다니고 가로등을 뛰었다고? 아니, 이게 무슨 무협 영화야?"

집단 최면이라도 걸린 건 아닐까 싶기도 하다.

도무지 말도 안 되는 얘기이지 않은가.

하지만 그게 그렇게 허무맹랑한 이야기가 아니니까 더 환장하는 것이다.

카메라로 찍지는 못했지만 많은 이들이 입을 모아서 같은 증언을 하고 있으며, 그들이 말한 것처럼 가로등도 하나가 실제로 터졌다.

가로수와 가로등에는 발자국까지 남아 있었다.

"아니, 그리고 이 애새끼는 또 누구야? 쓰벌 놈이 왜 갑자기 나타난 거야?"

은발남자는 카메라로 얼굴이 찍히기라도 했지, 갑자기 나타나서 그 남자에게 쫓기고, 빌딩에 들어가 엘리베이터에서 격투를 벌인 고등학생은 제대로 모습이 찍히지도 않았다.

은발남자와 고등학생 둘 다 한 번에 몇 미터를 뛰어오르고 날아다니다시피 했다고 한다.

도무지 이해할 수 없는 사건이었다.

형사들 중에서 그 누구보다 상식적이라 자부하는 주 형사로선 머리가 아팠다.

"얌마, 비켜."

"엇! 형님, 나오셨습니까?"

주 형사가 보던 컴퓨터를 뺏으며 자리를 차지한 것은 강력계 안에서 가장 베테랑인 최 형사였다.

모처럼 일찍 퇴근해서 쉬고 있었는데, 갑자기 비상이 걸려서 불려나온 것이니 기분이 좋을 리가 없었다.

"야, 가서 커피나 하나 뽑아와. 짜식이, 이딴 것도 제대로 못 보냐."

애꿎은 화풀이를 한 최 형사는 여태까지의 상황이 쓰인 프린트와 모니터 영상을 번갈아가며 봤다.

발단은 길거리였다.

은발에 키 크고 잘생긴 녀석이 이상한 낫을 들고 서 있으니 사람들의 이목은 집중되었고, 행인들은 코스플레이어일 것이라 생각하여 사진을 찍고 영상을 촬영했다.

물론 그 대다수는 여중, 여고생들의 핸드폰 영상이었다.

"하여간 애들이 발랑 까져가지고. 그저 좀 잘생겼다 싶으면, 쯧쯧."

그렇게 말하며 최 형사는 오른손으로 겨드랑이를, 왼손으로 사타구니를 벅벅 긁었다.

"형님, 여기."

주 형사가 자판기 커피를 뽑아오자 최 형사가 사타구니에서 손을 빼내 컵을 받아들었다.

"얌마, 이거 섞은 거 맞냐?"

"아니, 자판기 커피를 누가 섞어 먹어요."

"시끄러! 자판기 커피는 커피 아니냐? 얘도 이렇게 섞어야 맛있는 거야."

그렇게 말하며 오른쪽 새끼손가락을 커피에 넣어 빙빙 돌린 후 커피를 원샷해 버렸다.

"꺼윽! 이제 잠이 좀 깨네."

만약 개인의 불결함을 죄로 삼을 수 있다면 최 형사는 이미 사형을 당했으리라.

볼록 튀어나온 술배를 손으로 어루만지며 최 형사는 영상들과 증언, 주변 정황들을 하나씩 살펴봤다.

무언가 골똘히 생각하던 최 형사가 갑자기 주머니에서 핸드폰을 꺼내 전화를 걸었다.

"어, 나야, 김 기자! 지금 뭐해? 에이, 나도 핸드폰 지금 봤어. 왜 이래? 그래도 뭐 좀 건진 게 있어서 제일 먼저 전화해준 사람한테. 이 친구, 안달이 제대로 났네. 그래, 근데 그냥 날름 받아먹을 생각 아니지? 그건 너무 약하잖아. 우리 사이에 이러기야? 이러면 나 다른 데로 전화한다? 콜! 그래, 좋아. 자세한 건 내가 30분 있다가 전화해서 말해줄게."

옆에서 기다리고 있던 주 형사가 눈을 빛냈다.

"형님, 뭐 좀 알아냈습니까?"

"응."

"뭔데요?"

"폭력적 게임과 일본 애니메이션에 심취한 외톨이의 무차별 난동. 그것을 막은 건 한 용감한 고등학생 정도?"

"그냥 그걸로 끝이에요?"

"응. 그런데?"

"에이, 형님도 봤잖아요. 얘네들 이상하다니까요? 이쪽 이 빌딩에서 엘리베이터에서 싸우던 건 봤어요?"

최 형사가 하품을 하며 대답했다.

"하암! 뭐? 엘리베이터 CCTV랑 개박살 난 엘리베이터와 건물 벽 얘기?"

"거기다가 목격자들 얘기로는 얘들이 무슨 엑스맨처럼 뛰어다녔다고 했다니까요. 아니, 코스프레 장난감 낫으로 엘리베이터랑 벽 건물을 자르는 게 말이 돼요?"

"그래서?"

갑자기 자신을 똑바로 쳐다보며 반문하는 최 형사에게 주 형사는 순간 당황했다.

"예, 예?"

"이 새꺄, 그래서 어쩌게? 사실 세상엔 돌연변이들이 존재했고, 걔네 둘이 싸웠다고 할래?"

그렇게 말하면 과연 누가 믿을까? 수사 중에 경찰이 졸았다는 얘기나 듣겠지. 그걸 생각해 본 주 형사가 입을 다물었다.

"새꺄, 별것 없어. 사람들은 믿을 만하게 해석해 주길 바랄 뿐이야. 그리고 나도. 이건 씨발, 말도 안 되는 거고."

"그럼 폭발물과 살인은요?"

"일단 발표는 그렇게 하고 찾을 수 있는 것부터 찾아야지."

"찾을 수 있는 거요? 뭘요? 감식할 증거물도 없는데 뭐가 있어야죠? 용의자들도 전부 행방이 오리무중인데."

"감식이 뭐 어떻다구?"

최 형사가 기가 찬다는 표정을 지었다.

"여기가 미국이야? 우리가 무슨 CSI도 아니고 감식은 무슨 놈의 감식? 대한민국 형사는 눈으로 찾고 발로 뛰고 귀로 들으면 용의자 검거 90프로야. 알았어?"

"예에? 아니, 아무리 그래도 그렇지……."

벙찐 주 형사를 뒤로하고 걸어가던 최 형사가 갑자기 뒤돌아봤다.

"야!"

"왜요?"

"그 은발 또라이랑 싸운 애새끼 말이야. 그게 어디 학교 교복이냐?"

"아, 그거 알아보니까 도일고라고 하던데요?"

"도일고? 흠. 그래, 알았어."

*　　　*　　　*

뭐야? 여기가 어디야?

낯선 곳이다.

숲인가?

숲치고는 이상하다.

나무는 산불이 나서 다 타고 꺼진 것처럼 이파리는 하나도 없고 하나같이 나무 밑동부터 꼭대기까지 검거나 회색빛으로 바짝 말라붙었다.

대지는 마치 용암이 흐르는 것처럼 불길로 가득했는데 마치 강처럼 어딘가로 흘러갔다.

하지만 발은 뜨겁지 않았다. 그런데도 이상한 생각이 들지 않는다.

뭐 이런 곳이 다 있지?

형! 누나!

도대체 여기가 어디야?

겉으로는 짜증을 냈지만 자꾸만 알 수 없는 무서운 느낌이 든다.

검은 숲을 걸었다.

가도 가도 끝이 없었다.

하루가 몇 분처럼 순식간에 지나갔다.

그런데 해가 졌나? 생각해 보니 그것도 잘 모르겠다.

누구 없어요?

몇 번이나 소리쳐 봤지만 다시 한 번 목이 터져라 소리쳤다.

은창아.

어?

누구고 자시고 할 것 없이 소리가 들린 쪽을 바라봤다.

아빠?

멀지 않은 곳에 등을 돌리고 서 있다.

불타는 대지 위에서.

아빠!

얼굴을 확인해 볼 필요도 없었다. 서 있는 모습만 봐도 몰라볼 아빠가 아니니까.

아빠!

이런 곳에서 보니까 무지 반갑네.

발바닥에 불이 나도록 달려가다가 갑자기 이상한 느낌에 달리기를 멈췄다.

아빠?

왜 이러지? 내가 왜 이렇게 부르는 거지?

의심? 뭘 의심? 아빠를 의심? 미쳤지, 예은창?

은창아.

등을 보이고 서 있던 아빠가 다시 날 부른다.

아빠가 천천히 등을 돌렸다.

은창아.

악! 아빠!

눈, 눈이 없어! 아빠 눈이!

은창아.

구멍이 난 아빠의 눈에서 피눈물이 흘러내렸다.

은창아.

"헉!"

눈을 번쩍 뜨자마자 은창은 이불을 박차고 발작하듯 상체를 일으켰다.

"하아! 하아! 하아! 하아!"

마치 전력 질주를 한 것처럼 온몸이 땀에 젖은 은창은 거친 숨을 몰아쉬었다.

"아, 아빠……."

몇 초도 안 되는 사이에 꿈이라는 것을 깨달은 은창의 아빠를 찾던 목소리가 자그맣게 수그러들었다.

은창은 핸드폰을 확인했다.

am 3:00

"······."

은창은 핸드폰을 내려놓으며 아직도 생생한 방금 전의 꿈을 떠올렸다.

'꿈을 꾸고 나서도 기억이 남아 있는 적은 없었는데.'

[은창아.]

은창은 꿈에서 자신을 부르던 아빠의 목소리를 떠올리며 눈시울을 붉혔다.

개꿈이다.

은창은 그렇게 생각하며 애써 불길함을 지웠다.

'아들, 걱정할 거 없다. 불길은 무슨. 어른 되기 전까지 꾸는 꿈은 다 개꿈이야. 알았어? 복권도 사지 마. 기분 좋은 꿈도 다 개꿈이야, 그 나이에는.'

예전에 악몽을 꾸고선 학교를 안 가겠다는 말에 아빠가 해 준 말이 떠올랐다.

그렇지, 아빠?

개꿈이지?

난 아직 고3이니까.

은창은 '얍!' 하고 나직이 기합을 넣고는 다시 누웠다.

하지만 다시 잠을 잘 수는 없었다.

*　　*　　*

심심한 등굣길이었다.

다솔이 중간에 나타나지 않았기 때문이다.

'에이씨, 망할 지지배. 뭐 그것 갖고 삐쳐서는? 아, 진짜 겁
나 심심하네.'

심심함을 느끼니 소꿉친구인 다솔의 빈자리가 강하게 느
껴졌지만 은창은 그 깨달음을 일부러 멀리했다.

짜증나는 건 또 하나 있었다.

짧아진 머리.

그게 자꾸 신경 쓰이고 스스로를 어색하게 만들어 불편했
다.

누구와 얘기하지도 않고 그저 짜증내며 빠르게 걷다 보니
평소 4~50분 정도는 걸리던 등굣길이 30분도 안 걸렸다.

"귀찮은 지지배 없으니까 이렇게 빨리 오고, 잘됐네."

그렇게 투덜대며 걷던 은창이 학교 앞에 있는 지하도에 들
어섰을 때다.

저 멀리 딱 봐도 양아치로 보이는 고등학생 열한 명이 보였
다. 그들은 쪼그려 앉아 담배를 피우고, 먼저 지나가던 중학

생 둘을 붙잡아 돈을 달라는 듯 윽박지르고 툭툭 건들고 하는 중이다.

"야, 저기 또 누구 오는데?"

한 녀석의 말에 양아치들의 시선이 은창에게로 돌아갔다.

"에이, 긴 머리 아니네. 저 새낀 아냐."

"꼴통 새끼는 긴 머리랬잖아."

은창은 자신의 귀찮은 예감이 맞아들었음을 느꼈고, 또 양아치들 사이에 있는 심창원, 조봉평과 눈이 마주치자 한숨을 내쉬었다.

"진짜 돌아가시겠네. 왜 이렇게 파리가 꼬이는 거야."

은창이 그렇게 중얼거릴 때, 조봉평과 심창원이 소리쳤다.

"아냐! 저 새끼 맞아!"

"예은창 썹새, 머리 자르면 못 알아볼 줄 알았냐, 이 꼴통 새끼야!"

심창원의 말은 은창으로선 콧방귀도 안 나올 말이다.

대체 누가 누굴 무서워해서 머리까지 자른다는 거야?

"저 새끼 맞다네, 씨팔!"

"발라 버려!"

자신을 향해 달려오는 것을 보며 은창은 골이 아파와 이마를 탁 짚었다.

"저 새끼들은 아침부터 겁나 부지런하네. 이런 아침에 남의 학교 근처에서 대기타고 있었다니."

분명 심창원, 조봉평 외에는 도일고 학생이 아니었다.

아침잠이 많아 항상 고생인 은창으로서는 참 대단하기도 한 일이다.

태연하게 마주 걸어가는 은창. 심창원과 조봉평은 자신이 끌고 온 애들의 가장 뒤에서 달려오고 있다.

'중학교 친구들이라도 되나?'

은창의 생각은 정확했다.

지금 조봉평과 심창원을 도와서 은창을 밟고자 아침부터 달려와 준 건 그들의 중학교 시절 함께 놀았던 일진이었다.

은창은 뒷머리를 벅벅 긁었다.

"아, 귀찮아! 귀찮아! 귀찮아!"

마지막 '귀찮아'를 말할 때 가장 앞서서 오던 녀석과 마주쳤고, 은창은 상대의 날아 차기를 왼쪽으로 피하며 오른 주먹을 길게 뻗어 가슴을 격타했다.

"억!"

얻어맞은 녀석의 몸이 그대로 뒤로 돌며 땅바닥에 떨어졌고, 은창은 뒤돌려 차기를 해서 두 번째로 달려오던 노란 머리 일진의 옆구리를 쳤다.

"커윽!"

옆으로 밀려나듯 게걸음하던 노란 머리가 결국 넘어져서

땅을 구르고, 은창은 양팔을 크게 벌렸다.

퍼퍽!

"윽!"

"악!"

동시에 달려오던 화려한 귀고리의 두 일진이 팔에 얻어맞아 부웅 하고 떠올랐다가 떨어졌다.

그 뒤로도 계속해서 달려오는 일진들.

은창은 멈춤 없이 걸어가며 때리고, 혹은 비틀고, 차고, 찍고 등을 거듭했다.

빡! 뻐억! 뻐벅! 빽!

격타음이 계속해서 울려 퍼지고, 어느새 은창은 심창원과 조봉평의 앞에까지 당도했다.

"너희는 특별 서비스!"

라고 말하며 히죽 웃는 은창의 모습.

빠바바바바바바바바박!

심창원, 조봉평은 대체 자신들이 몇 대를 맞은 건지 셀 수도 없을 만큼의 무수한 타격을 받고 그 자리에 허물어졌다.

"이 새끼들아, 나한텐 절대 안 되니까 이제 나 좀 그만 괴롭혀라."

그 한마디를 남기고 은창은 열한 명의 일진이 사이좋게 땅을 구르며 고통의 신음을 흘리는 장소를 벗어났다.

물론 은창은 금양보력을 살짝 담아 교묘하게 때렸다. 겉으로는 전치 몇 주 등의 상해가 잡히지도 않겠지만 고통만은 뼈가 부러진 것보다 심하게 해놓은 것이다.

사실 금양보력이 제대로 발동되기 전에도 은창이 심창원보다 약했던 것은 아니다.

금양보력과 함께 배운 제요벽은 오로지 마귀를 죽이고자 만들어진 것이고, 하나부터 열까지 일격 필살의 수법이기 때문에 사람을 상대로 펼치기엔 위험했다.

그래서 어릴 적 은창의 엄마는 그 점에 대해서 엄하게 훈계를 했고, 은창은 단 한 번도 금양보력 상의 무술로 사람과 싸운 적이 없었다.

하지만 금양보력을 컨트롤할 수 있게 된 지금은 사람을 상대로 사용해도 상관이 없으니 이미 은창은 일반인과 비교해서 차원이 다른 힘을 지닌 것이다.

그러니까 타인과 싸우는 세상 모든 것, 그게 게임이든 실제 격투든 바둑이든 압도적 강자라면 약자를 배려하며 적당히 맞춰주며 싸우는 게 가능하지만, 그 정도로 강하지 않다면 자신보다 약자라 하여도 봐주면서 싸우는 게 불가능한 것이다.

불과 30초 정도였다.

등교하던 걸음을 멈추지도 않고 열한 명의 일진을 모조리 쓰러뜨린 은창은 예전과 달라진 자신의 실력에 기분이 좋아

콧노래를 부르며 지하도를 나가다가 뭔가를 보고 화들짝 놀랐다.

타닥!

불이 켜지면 어딘가로 사라지는 바퀴벌레처럼 엄청난 속도로 나무 뒤에 숨은 은창.

그 눈이 교문 앞을 향했다.

거기에 보람이 있었다.

"뭐, 뭐야, 저 지지배는? 왜 저기에 있지? 날 기다린 건가?"

어제 일 때문일까? 보람과 만나기가 껄끄러웠다.

잠깐 주변을 둘러본 은창은 사람들의 시선이 닿지 않는 곳들을 골라서 빠르게 달리다 한순간에 학교 담을 뛰어넘어 안으로 들어가 버렸다.

"후우! 좋아, 좋아. 완벽하군. 하하! 이 정도면 영화 속 닌자보다도 빠른 것 같은데?"

주머니에 손을 푹 찔러 넣은 은창은 총총히 교실로 올라갔고, 항상 하던 것처럼 책을 깔고 모자란 잠을 보충하려고 했다.

그 순간 교실 앞쪽에서 애들이 떠드는 소리가 자연스레 들려왔다.

"야, 너 이거 봤냐?"

"뭘?"

"오늘 아침에 대박 뉴스 뜬 거 모르냐?"

이번엔 다른 목소리가 끼어들었다. 아마도 방송반이라며 여기저기 돌아다니던 여자애로 기억됐다.

"엠파이어 빌딩 맞지?"

"응. 역시 너도 봤구나?"

'엠파이어 빌딩'이란 말을 듣는 순간 은창의 몸이 경직되었다.

어제 은발마귀와 싸운 빌딩의 이름이었기 때문이다.

'하, 하긴 그렇게 미친 듯이 싸웠는데 아무도 모르는 건 말이 안 되겠지. 근데 어, 어디까지 밝혀진 거지?

은창은 덮고 있던 교복 재킷 속에서 핸드폰을 켜고 포털사이트 앱을 구동시켰다.

그리고 1페이지에 사진과 함께 떡하니 걸려 있는 기사!

'충격, 도심 한복판 광분의 칼부림!'

조마조마하며 은창은 터치를 했고, 세부 내용이 나왔다.

범인은 은색으로 염색한 이십대 초반의 청년… 폭력적 개입과 일본 애니메이션에 심취한 외톨이일 것이 확실시……

다행히 첫줄부터 은창에 대한 내용은 나오지 않았다.

피해자에 관한 내용을 보던 중 은창은 눈살을 찌푸렸다.

이러다 스타 되는 거 아냐? 261

· '내가 생각한 것보다 훨씬 심한 피해를 봤구나.'

다행히 죽진 않았지만 남자 쪽은 팔이 잘리고 생식기에 큰 타격을 받아 고자가 되어버리고 말았으며, 여자는 가슴 한쪽을 도려내야 했고 얼굴도 심하게 상했다.

둘 모두 한순간의 일로 인생이 달라진 것.

무당들과 은창 일가를 제외하면 처음으로 생긴 일반인 희생자였다.

잠깐 감상에 빠졌던 은창은 얼른 그 마음을 지우고 연관된 기사들을 하나씩 살폈다.

그리고 기겁하게 만드는 기사 내용이 나왔다.

묻지 마 난동을 막고자 용감히 맞서 싸운 고등학생이 있었다는 것이다.

엘리베이터 CCTV에 찍혔다는 기사까지 읽었다.

'이, 이거 내 얘기잖아?'

하지만 다행히 안 좋은 쪽은 아닌 듯했다.

혹시나 마귀와 같은 편으로 생각할까 걱정됐는데 그러진 않았다. 하긴 자신은 마귀와 싸운 것이 아닌가?

하지만 그래도 불안했다. 어쩐지 일이 커질 것 같은 기분이다.

그 순간 은창은 자신의 긴 머리카락이 떠올랐다.

'CCTV에 내가 찍혔다면 긴 머리 때문에 누구나 나를 알아

볼 수가 있잖아!'

몸이 얼어붙은 순간, 다시 생각이 났다.

'아, 맞아. 그렇지. 어제 그 빌딩으로 들어가기 전에 내 머리가 마귀 놈한테 좀 잘렸지. 아예 짧게 다 자를까? 아니야. 오히려 갑자기 자르면 더 의심 받을지도 몰라.'

교복을 입고 있었으니 학교 이름까지 나오는 건 시간문제였다. 괜히 갑자기 머리카락을 잘라서 안 사도 될 의심을 받는 건 곤란했다.

잘린 머리카락 길이 정도면 학교에도 많이 있었다. 그전까지는 독보적이긴 했지만.

'진짜 국정원 같은 데서 와서 잡아가면 어떡하지? 정말 생체실험이나 고문 같은 거 당할까?'

온갖 걱정이 다 몰려왔다.

'그럼 어떻게 하지? 반항하고 도망쳐야 되나? 아냐. 그랬다가 총이라도 쏘면?'

안 좋은 상상을 하다 보니 은창은 점점 더 머릿속이 복잡해져만 갔다.

그때 앞에 있던 애들 사이에서 큰 소리가 났다.

"우와! 이거 찾은 거야?"

"역시 유튜브야. 분명 좀 찾아보면 나올 것 같았어."

궁금해진 마음에 은창은 뒤집어쓰고 있던 교복 재킷을 살짝 들춰서 눈만을 내놓고 다른 애들이 보는 걸 살폈다.

태블릿 PC로 어떤 애가 유튜브 영상을 틀었다.

누군가가 찍은 영상이었다. 가까이서 들려오는 속닥거림을 듣자니 분명 어린 여자인 듯했다.

"코스프레하는 앤가? 진짜 잘생겼다. 그치?"

"그러게. 근데 염색은 어떻게 한 거지? 저렇게 예쁜 은색을 낼 수 있는 염색약이 있나?"

속닥거리는 음성 속에 가만히 서서 한곳을 응시하는 은발마귀의 모습은 굉장히 뚜렷하고 선명하게 보이고 있었다.

상당히 거리가 떨어져 있음에도 이런 화질이 나오는 걸 보면 상당히 좋은 카메라인 듯했다.

"어이, 인간 세상, 오랜만에 오니까 너무 마음에 들어. 이 옷도 마음에 들고 말이야."

은발마귀가 은창을 향해 했던 말은 상당히 작게 들렸다. 아무래도 거리가 좀 있어서 그런 듯했다.

"야, 뭐야? 쟤 지금 뭐라고 하는 거야?"

"아, 웃겨. 저거 진짜 오타쿠인가 보네. 인간 세상 어쩌구저쩌구. 킥킥킥킥킥."

"잘생긴 애라도 저러고 혼잣말하니까 진짜 깬다. 그치?"

두 여자가 속닥거리며 키득댔다.

그리고 영상은 은창이 본래 알고 있던 대로 흘러갔다. 근육질 남자와 짧은 치마의 여자가 앞을 안 보고 걷다가 은발마귀에게 부딪치고, 시비를 걸었다.

그리고 드디어 문제의 장면이 나왔다.

"도망가게? 아직 어려서 그런가?"

그 무렵 영상을 찍고 있던 두 여자에게서 비명이 터져 나왔다.

"꺄아아아악!"

"파, 팔을 잘랐어!"

갑자기 흔들리기 시작하는 영상.

공포에 빠진 사람들이 뒤돌아서 마구 도망치고, 카메라를 쥔 여자도 같이 도망쳤다.

그러다 잠시 후, 다시 뒤돌아본 여자가 카메라로 은발남자를 찾았다.

"어, 어디 있지?"

카메라에 잡히는 건 피투성이가 된 근육질 남자와 짧은 치마의 여자뿐.

본래 은발남자가 있던 자리는 그저 폭탄이라도 터진 듯 파헤쳐진 보도블록의 모습만이 보일 뿐이다.

"저기 있다!"

누군가의 외침이 들리고, 그제야 카메라는 공중을 찍었다.

도로 위의 가로등을 말이다.

거기에 은창의 모습이 희끄무레하게 잠깐 나타났다가 금세 사라졌다.

파창!

가로등이 터져서 밑으로 떨어지고, 은발남자의 모습 역시 가로등 옆을 스치다 사라졌다.

영상은 그것으로 끝이었다.

아이들은 제각기 '우와' 하는 감탄사를 내뱉으며 영상을 돌려보고 또 돌려보고 있었다.

거기까지 지켜본 은창은 다시 자신의 핸드폰으로 시선을 돌린 뒤 유튜브를 구석구석 찾아봤다.

방금 본 영상 외에도 여러 영상이 있었는데, 다행히도 은창의 모습이 제대로 드러난 건 하나도 없었다.

'쳇. 그런 칼부림이 나고 피까지 튀겼는데 겁도 없이 영상을 찍어댄 사람들이 많았구나. 그래도 다행이네. 나는 제대로 찍힌 게 없어.'

점점 마음이 안정되기 시작하였다.

게다가 머리가 길었던 때에는 사람들 카메라에 찍힌 적이 없고, 누가 관심 있게 보지도 않았으니 더욱 그랬다. 만약 긴 머리의 도일고 남학생이란 것까지 밝혀지면 그게 은창임은 누구나 알 수 있는 일이니 말이다.

별일은 없을 것이란 생각에 다시 엎드리는 은창의 귀로 애들의 이야기가 들렸다.

"야, 근데 이게 말이 될까? 좀 멀리서 카메라로 찍은 사람 영상도 봤는데, 이 오타쿠가 갑자기 팍하고 사라지더라."

"뭐 진짜 빠르게 움직이면 그럴 수 있지 않을까? 찍던 사람도 갑자기 움직이니까 못 잡은 거고."

"에이, 그래도 거리가 있는데 이상하지 않아?"

"하긴 그것도 그러네. 그리고 영상들 보면 대부분 중간에 가로수랑 가로등 위 같은 데를 찍더라고. 찍은 애가 하는 말에 따르면 자기들도 빨라서 못 봤지만 두 사람이 싸우면서 가로수랑 가로등을 뛰어다녔대."

"말도 안 돼! 무슨 스파이더맨이냐?"

"야, 그리고 그거 알아? 이 오타쿠가 갑자기 사라지면서 싸운 게 우리 학교 학생이래."

"진짜?"

"응. 이 오타쿠가 사람 팔 자르고 난동 피우니까 우리 학교 학생 하나가 나서서 막았대. 그래서 오타쿠가 빠쳐서 걔랑 싸운 거야."

"헐! 진짜? 대단하네. 멋있다. 엇! 그거 혹시 다솔이 아냐?"

"다솔이? 맞아! 다솔이 무술 고수잖아. 진짜 그런 거 아닐까?"

도일고에서 다솔은 무술 소녀로 유명했다.

또한 그녀 본인은 일진이니 뭐니 하며 거들먹거리지도 않았지만, 학생들 중 가장 강한 건 다솔일 것이라고 누구나 인정하는 대상이기도 하다.

학교 학생 중 누군가가 저런 흉기를 든 정신이상자와 싸웠다고 하니 당연히 가장 먼저 다솔이 생각날 수밖에 없다.

"에이. 근데 이 교복은 남자 교복 아냐?"

어떤 영상이든 은창은 잘 찍혀봤자 흐릿하게 이동하는 1초 이하의 장면뿐이다.

"그런 것 같긴 한데 그래도 모르잖아? 이렇게 흐릿한데. 여자 교복이라고 해도 이상하진 않잖아."

"하긴 그것도 그러네. 진짜 다솔이일까?"

애꿎은 다솔 이야기가 나올 때쯤 은창은 요 근래 계속 너무나 피곤했던 탓에 빠르게 잠에 들었다. 최근 잠을 서너 시간밖에 잘 수가 없었으니 아직 성장기인 데다가 육체 활동이 많은 은창으로서는 졸려서 죽을 지경이었다.

잠깐 잠들고 일어나자 담임이 교실로 들어오고 있었다.

슬쩍 다른 자리를 쳐다보니 다솔은 어느새 들어와서 매우 화난 얼굴로 앉아 있었다.

'왜 저러지? 아직도 나 때문에 저렇게 화가 나 있는 건가?'

출석을 부른 담임은 뒤이어 평상시 조회 때와는 다른 이야기를 시작했다.

"너희 모두 이번에 우리 학교 근처에서 큰 사건이 일어난 건 알지?"

"네!"

"그래, 아직 그 정신병자가 잡히지 않았으니까 학교 끝나면 밖에 돌아다니지 말고 집에 빨리 들어가고. 그리고……."

담임은 말을 멈추고 반 아이들을 쭉 둘러보며 말했다.

"경찰서에서 연락이 왔는데, 그 정신병자와 싸운 우리 학교 학생을 찾고 싶다고 하네. 용감한 시민상을 준다나 뭐라나? 어때, 우리 반에 있나?"

말을 끝내며 담임은 다솔 쪽을 슥 쳐다봤다.

반 아이들 역시 자연스레 다솔을 돌아봤다.

다솔의 눈썹 한쪽이 치켜 올라갔다.

뚜둑!

왜 들고 있었는지 모르겠지만 다솔이 쥐고 있던 커터 칼이 안의 날과 겉의 본체까지 한꺼번에 부러졌다. 물론 다솔의 오른 손바닥 안에서.

"……."

학생들은 물론이요 담임까지 식은땀을 흘리며 시선을 돌렸다.

사실 아까 전에도 비슷한 상황이 있었다.

다솔이 들어서자마자 애들이 마구 몰려들며 어제 싸웠던
것이 다솔이 아니냐며 물어봤던 것. 처음엔 웃으며 아니라고
한 그녀이만 그게 계속 거듭되자 결국 짜증을 폭발시켰다.

"흠흠. 그러면 우리 반에는 없는 거지?"

선생님이 말을 할 때 은창은 잠시 고민했다.

어제 싸운 것이 바로 자신이라고 당당하게 말하고 싶었다.
아니, 더 나아가서 상대는 마귀였고 자신은 퇴마를 한 것이라
며, 아버지 예웅종은 물론이요, 자신도 사기꾼이나 거짓말쟁
이가 아니란 것을 당당하게 밝히고 싶었다.

하지만 은창은 그러지 않았다.

형인 은수의 당부도 있거니와 이제 와서 자신이 진짜 퇴마
사라며 능력을 보이고 믿지 않은 이들에게 진실로 복수하는
것이 무슨 필요가 있나 싶은 것이다.

'그리고 어차피 드러나게 되어 있어. 그런 느낌이 들어. 이
렇게 마귀들이 사람들 앞에서 활동을 하고 우리가 막다 보면
언젠가는 마귀의 존재도 우리 가족의 정체도 모두 드러날 거
야. 굳이 먼저 나댈 필요는 없어.'

시간은 흘러 어느덧 저녁 시간이 되었다.

야자를 도망칠까 말까 고민하던 은창은 도망치는 것도 귀
찮은 마음에 그냥 간단히 저녁을 먹고 나서 자리에 앉았다.

그때 울리는 핸드폰.

문자였으며, 보낸 이는 전혀 모르는 애였다.

나 송파 여납육짱인 김길태다. 니가 조봉평을 이겼담서? 지금바로
나와라. 맞다이함쯔자.

메시지 내용을 보자마자 은창은 어이가 없어서 헛웃음을
지었다.

"뭐야, 이 새낀? 맞춤법에 띄어쓰기는 개똥에, 씨발, 무슨
만화 찍냐. 연합 육짱이라고? 서로 한 번씩 싸워서 서열 정하
기라도 했냐?"

너무나 한심하고 유치할 뿐이다.

딱히 어울려 주고 싶은 마음도 없었다. 은창은 핸드폰 불빛
을 끄고 다시 잠에 들었다.

Chapter 10

비밀병기

송파연합 육짱으로 조봉평 바로 위 서열이던 김길태는 아무리 기다려도 은창에게서 대답이 없자 화가 치밀어 올랐다.

　　"이 개새끼가 감히 날 무시해?"

　　김길태 옆에서 적당히 아부하며 같이 양아치 짓을 하고 다니는 키 작고 약삭빠르게 생긴 녀석이 낄낄대며 말했다.

　　"에이, 설마 무시하겠어? 감히 대명고 김길태를. 겁먹은 것일 거야. 분명해."

　　"하긴, 그도 그러네. 근데 이 새끼를 조져야 되는데 어떡하지?"

"걱정 마. 아직 저녁 시간은 남았고, 내가 미리 도일고 교복도 준비해 놨지."

"진짜? 좋아! 역시 넌 쩔어!"

김길태는 건네받은 옷을 근처 지하철역 화장실에서 갈아입고 도일고 안으로 쑥 들어갔다.

이미 은창이 몇 반인지는 아는 상황.

드디어 김길태의 눈에 은창의 반이 보이고, 그는 교실 문을 거세게 열고 뛰어들어가며 소리쳤다.

"나 대명고 김길태다, 이 새끼야!"

그리고 불과 10초도 지나지 않아,

뻐어어억! 쿠당탕탕!

김길태는 교실에서 튕겨 나와 땅바닥을 흉하게도 굴렀다.

그리고 안에서 들려오는 은창의 목소리.

"놀아줄 시간 없으니까 집에 가서 엄마랑 놀아라, 새끼야."

그리고 교실 문이 꽝 하고 닫혔고, 속된 말로 김길태의 따까리 역할을 하던 덩치 작은 녀석이 얼른 달려가 김길태를 부축했다.

"가, 가자. 빨리 가자!"

겁에 질린 김길태가 그렇게 말하며 두 사람은 황급히 도일고를 빠져나갔다.

그리고 다음 날.

"예은창이 어떤 새끼냐? 난 교문고 성동인이다!"

이번에 찾아온 건 송파연합에서 네 번째로 싸움을 잘한다
는 일진이었다.

빡—!

"꾸와악!"

우당탕탕!

그리고 똑같이 복도를 나뒹굴었다.

물론 김길태가 그랬던 것처럼 10초도 안 되는 시간에 말이
다.

교실 안에서 은창의 목소리가 흘러나왔다.

"아, 귀찮으니까 제발 좀 그냥 무시해 줘라! 어?"

성동인은 쩔룩이며 도망쳤다.

삼 일 후에 다시 한 번 같은 일이 있었고, 다시 이틀이 지났
다.

이번에 온 것은 송파연합의 이인자!

아버지는 유명한 조폭이며 어머니는 챔피언 벨트까지 허
리에 둘러본 적 있는 여성 복서.

본인은 중학교 1학년 때부터 고등학생은 껌이었고 조폭마저
도 벌벌 떨었다고 스스로 주장하는 화려한 전적을 갖고 있다.

거짓말 같지는 않은 게, 하도 더러운 성격 때문에 같은 학
교 복싱부 주장이며 유도부 주장과도 싸웠고 거기에 그 부원

십여 명과도 동시에 싸워 이긴 전적까지 있었다.

그야말로 17:1처럼 허무맹랑한 전설과 같은 싸움꾼.

송파연합의 리더인 조의원이 돈과 백이 정말 대단하다면, 이인자인 홍진호는 백도 백이지만 스스로의 싸움 솜씨가 워낙에 뛰어났다.

과연 송파연합의 이인자란 걸까. 홍진호는 무려 세 명을 거느리고 찾아와서 은창의 반인 3학년 6반 문을 거세게 열었다.

"뒈져라, 씹새야!"

한마디와 함께 홍진호는 그대로 뛰어올랐다.

뻐억!

이번엔 그냥 1초라고 보는 게 맞을 듯했다.

홍진호는 날아들었던 속도보다 훨씬 빠르게 교실 밖으로 튕겨졌다.

그전에 왔던 애들과 다른 건 짧아진 속도뿐이 아니었다.

상태도 여태까지 중에 가장 안 좋았다.

"뭐, 뭐야?"

"저 새끼 조져!"

대기하고 있던 세 명은 홍진호의 복수라도 하려는 듯 동시에 6반 교실로 뛰어들어갔다.

픽! 퍼억! 뻑!

세 번의 격타음이 연달아 들리고, 들어갔던 세 명이 도로 튀어나왔다.

그리고 교실 안에서부터 은창의 짜증이 듬뿍 담긴 외침이
터져 나왔다.

"에이, 씨발! 진짜 좀 귀찮게 굴지 말라고! 애새끼들이 말이
야."

그래도 두 발로 걸어서 도망쳤던 예전의 일진들과 다르게
홍진호와 부하 세 명은 제대로 설 수도 없이 네 발로 기어서
도일고를 빠져나갔다.

그리고 그 모습을 멀리서 지켜보던 한 사람, 심창원은 자신
도 모르게 손톱을 물어뜯으며 중얼거렸다.

"말도 안 돼. 예은창 혼자서 홍진호랑 다른 세 명까지 다
발랐다고?"

송파연합을 끌어들인 것이 바로 심창원이었다.

홍진호 패거리를 모두 처리하고 은창은 문득 교실 안을 둘
러봤다.

놀람의 눈빛으로 쳐다보고 있던 반 아이들은 하나도 빠짐
없이 은창과 시선이 마주치려는 순간 급하게 고개를 돌렸다.

두려워하고 있음이 분명했다.

기분이 상한 은창의 눈은 자신도 모르게 다솔의 자리를 훑
었다.

없었다.

그날 이후로 다솔은 야자를 한 번도 하지 않았다. 물론 그 탓에 은창이 싸우는 모습도 못 봤다.

그리고 여태까지 다솔은 단 한 번도 은창에게 말을 걸거나 시선조차 주지 않았고, 은창이 핸드폰으로 메시지를 보내거나 실제로 가서 말을 걸어도 모르는 체했다.

이렇게 오랜 시간 두 사람이 따로 떨어져 있던 적이 없다.

같이 소꿉놀이를 할 때부터 이어진 시간 중에 단 한 번도.

"망할 지지배. 요새 많이 바쁜가? 그럼 그렇다고 말이나 해주던가. 왜 자꾸 카톡은 씹는 거야."

은창은 그렇게 중얼거리며 짐을 챙겨 1층으로 내려갔다. 학교에 더 남아 있기가 싫었다.

그냥 왠지 그랬다.

"이크!"

1층으로 내려가려던 은창은 간발의 차로 보람을 먼저 발견하고 재빨리 숨었다.

"아, 또 있네. 내가 이렇게 숨어 다니는 게 대체 며칠째야? 에이씨, 다른 계단으로 가야겠다. 아니지. 아예 뛰어야겠다."

2층 복도로 올라간 은창은 아무도 안 보고 있을 때 창문을 열고 그대로 뛰어버렸다. 학교 담을 한 번 걸쳐서 바깥 인도에 착지한 은창은 깜짝 놀라며 자신을 쳐다보는 사람들 사이에서 모르는 척 무표정을 유지하며 아무렇지 않게 걸었다.

안 하려고 하는데 자꾸 다솔이 생각이 났다.

대수롭지 않게 넘어갔던 다솔의 마지막 메시지.

이 나쁜 새끼야! 다시는 나랑 얘기할 생각도 하지 마!

그게 지금 자꾸 떠올랐다. 정말 이렇게까지 오랫동안 연락을 끊고 얘기도 안 할 줄은 몰랐는데…….

갑자기 떠오른 단어.

절교.

끊을 절(絶)에 사귈 교(交)가 합쳐진 단어이다. 사람과 사람이 사귀고 친해지면 보통 인연의 끈이 이어졌다고 표현한다.

절교는 그 인연의 끈이 끊어졌음을 표현하는 단어이다.

절교.

다시는 보지 못한다.

이제 난 다솔과 친구 사이가 아니다.

거기까지 생각하던 은창은 양손으로 자신의 머리를 감싸쥐었다.

"으으. 제길, 젠장할, 빌어먹을!"

대체 이 감정을 뭐라고 설명해야 할까.

너무나 괴로웠다.

그날 마지막까지 장난치고 놀렸던 것이 후회됐다. 그리고 다솔이 마지막에 자신을 때리고 간 다음 다시는 연락하지 말라고 했던 것을 대수롭지 않게 여긴 것도 후회됐다.

가장 친한 친구였다.

세상에 하나뿐인 친구.

은창은 고개를 푹 숙인 채 집으로 들어가 가방을 방구석에 던져 놓은 채 교복도 갈아입지 않고 그대로 누워버렸다.

그리고 잠이 들었다.

* * *

퍼억!

"윽!"

"똑바로 안 서, 이 새끼야!"

퍼퍽!

"우욱! 그, 그만."

송파연합의 아지트로 쓰이는 한 폐건물에서 심창원이 맞고 있었다.

"다 너 때문이잖아, 이 씨발 새끼야!"

때리는 건 곱상한 얼굴에 굉장히 마른 체형의 고등학생.

따로 운동을 하거나 격투기를 배우지 않은 정상 체형의 남

자라도 힘을 담아 로우킥을 하면 수수깡처럼 부러질 정도로
가는 다리를 가진 그 고등학생은 주먹으로 때리다 옆에 있던
각목을 쥐고 마구 내려쳤다.

어느새 피투성이가 된 심창원이 애원하듯 말했다.

"미, 미안해. 내가……."

"미안해? 미안하다고, 씹새야?"

곱상한 얼굴에 마른 체형의 고등학생, 송파연합의 리더인
조의원은 오히려 더욱 잔인하게 심창원을 때렸다.

"너 때문에 우리 연합이 좆도 병신으로 보일 것 아냐, 이 개
새끼야! 걍 가만히 냅둬도 되는 새끼를 왜 건드렸냐고?"

심창원을 좀 더 때린 조의원은 그새 숨을 헐떡이면서 각목
을 던지고 의자에 앉았다.

그리고 또 다른 도일고 일진을 보며 말했다.

"야, 그 예은창이란 새끼가 싸우든 안 싸우든 어쨌든 그 새
끼는 우리가 손봐야 돼. 근데 그 새끼가 싸움은 또 좆도 잘한
다면서? 아, 씨발, 짜증나네. 어떻게 해야 돼지? 따로 불러내
서 다구리를 깔까?"

심창원이 당하는 모습을 보며 바짝 긴장해 있던 도일고 일
진이 말했다.

"그 새끼, 학교 올 때도 아무도 모르게 오고 갈 때도 그런
것 같더라고."

"뭐? 아니, 뭐 그런 새끼가 다 있어? 씨발, 그럼 어떡하지? 아, 그 새끼랑 젤 친한 애가 누구냐?"

"응? 예은창 걔가 친한 건 딱 한 명이야. 현다솔이란 여자애."

"여자애? 예쁘냐?"

다솔이에 관한 얘기를 하며 도일고 일진은 자신도 모르게 식은땀을 흘렸다.

"예쁘긴 진짜 예쁜데, 걔, 걔는 안 건드리는 게 좋아."

"뭐? 왜?"

기분이 나빠진 조의원이 무서운 표정을 짓자 도일고 일진이 급하게 말했다.

"자, 잘 생각해 봐. 너도 현다솔이란 이름 들어봤을 거야. 걔 TV에도 간혹 나왔는걸. 무술소녀… 이러면서……."

그제야 조의원은 현다솔이란 이름이 떠올랐다.

"허미, 쓰벌, 좆 될 뻔했네."

송파연합의 이인자인 홍진호도 그냥 고등학생이라고 말하기엔 정말 뛰어난 싸움실력을 지니고 있고, 전설처럼 얘기되는 사건도 꽤 된다.

하지만 현다솔에 비교한다면 그건 아무것도 아니다.

게다가 현다솔 본인의 힘만이 문제가 아니었다. 현다솔은 그 배경도 대단한 것이 현다솔의 아버지이자 한국무술인협회의 명예회장인 현우문은 아직도 모든 조폭들에게 인사를 받고 재계 인사들과도 호형호제하는 인물이었다.

즉, 부모의 위세가 대단한 조의원으로서도 함부로 건드릴 수 없다.

"야, 그럼 그 새끼 동생이나 누나 이런 건 없냐?"

"아! 그건 있어. 걔랑 초등학교랑 중학교 동창인 애가 말해 줬는데, 누나랑 형이 있대."

"누나?"

그렇게 말하고 조의원은 혀로 입술을 한번 훑었다.

"날 이렇게 힘들게 하는데 그 누나 년 맛도 한번 보고, 그 년으로 예은창 새끼 끌어내서 존나 밟아줘야겠네."

조의원은 앞으로 벌어질 통쾌한 복수를 생각하며 기분이 좋아졌다.

하지만 그는 꿈에도 몰랐다.

은창의 누나인 소영이 어떤 사람인지 말이다.

*　　*　　*

"끄으응!"

소영이 책상 앞에서 웅크린 채 한참 동안 니퍼 등의 공구를 뚝딱거리더니 기지개를 켜며 몸을 비틀었다.

"으휴! 한두 시간이면 끝날 줄 알았더니 며칠이나 붙들고 있었네."

인상을 잔뜩 쓰던 소영이 언제 그랬냐는 듯 이내 회심의 미소를 지으며 책상 위의 작품을 손으로 쓰다듬었다.

소영이 쓰다듬은 물건은 두 개의 귀고리였다.

하지만 그 두 개의 귀고리를 만들기 위해 소영은 생애 최고의 집중력과 끈기를 동원해야만 했다.

겉으로 봐선 그냥 노점에서 파는 귀고리였다.

유리도 아닌 투명 아크릴로 짝퉁 보석 모양을 내고 겉은 제법 그럴싸하게 도금해 백금 테두리로 마감한 조악한 디자인.

소영은 직접 모양을 낸 투명 아크릴 속을 들여다봤다.

그 안에는 재질을 알 수 없는 깨알만 한 붉은색 점이 박혀 있었다.

'아얏! 언니?

'어머? 우리 다솔이 아팠니? 미안, 미안!'

'뭐, 뭐야, 갑자기? 손금 봐준다더니 바늘로 왜 찔러?'

'얘는, 다 이유가 있어서 그런 거야. 일진도 바르는 우리 다솔이가 바늘 하나 찔린 거에 엄살을 떨까?'

'언니!'

소영은 며칠 전에 있었던 일을 떠올리곤 음흉한 웃음을 지었다.

"어차피 다 한식구가 될 텐데 발끈하긴. 우리 집안에 들어오기 전에 미리 신부 수업 한다고 생각하면 된단다, 다솔아앙~!"

귀고리를 들고 흡족한 표정으로 흔들어본 소영이 이내 찢어져라 하품을 했다.

"으아아씨! 금쪽같은 내 피부 다 늙겠네. 아가들아, 얼른 예쁜 피부로 돌아가자."

소영은 불을 끄곤 다람쥐처럼 침대 안으로 들어가 절대 깨지 않겠다는 강한 의지를 담아 이불을 머리까지 뒤집어썼다.

자정이 넘어 시간이 새벽 3시를 향해 나아갈 무렵.

삼 남매의 집 주변을 둘러싼 빽빽한 대나무 숲 안에 은수는 벌써 세 시간째 한 자리에서 못 박힌 듯 서 있었다.

특유의 무뚝뚝한 표정을 한 은수는 눈을 감고서 미동도 않고 있어 그저 눈을 감고 있는 것인지 아니면 선 채로 잠을 든 것인지 구분이 가지 않았다.

은수가 서 있는 대나무 숲은 은창이 태어나기 전까지는 이런 모습이 아니었다.

바닥은 지금처럼 흙이 아니라 두꺼운 돌이 깔려 있었고 그 돌은 원형을 그리며 집이 정중앙에 위치한 형태였다.

서쪽은 죽은 자를 심판하는 명계시왕(冥界十王)의 석탑이 있었고, 남쪽은 뇌전과 구름비를 부른다는 청(靑), 적(赤), 황(黃),

백(白), 흑(黑)의 오대금룡(五大金龍)의 수놓아진 깃발이, 북쪽은 한얼의 가호를 받아 한민족을 수호하는 삼족오(三足烏) 상이 있었다.

마지막으로 은수가 서 있는 동쪽은 만요만마를 제압한다는 칠선의 석상으로 칠선대복마진(七仙伏魔陣)이라는 결계가 쳐져 있었다.

어릴 적 은수와 소영에겐 이곳이 놀이터였다.

하지만 은수가 어렸을 적에 예응종이 빚보증을 잘못 섰다가 왕창 독박을 쓰면서 거의 대부분을 골동품상이나 수석장이한테 팔아넘겨야 했다.

그래서 남아 있는 거라곤 지금 은수가 서 있는 동쪽 지대뿐이다.

하지만 칠선의 석상도 온전히 남아 있진 않았다.

결계를 움직이는 중심추인 순양자 여동빈 상과 혼백을 거둬들이는 천제왕(天齊王), 만귀(萬鬼)를 잡아들이는 문신(門神) 도성황(都城隍), 전장의 신 북두진군(北斗眞君) 등의 가장 강력한 영력을 발휘하는 석상들은 없어진 상태였다.

남아 있는 거라곤 벽하원군과 귀문혼, 그리고 문창제군의 상뿐이다. 그 석상들만이 세월의 풍상과 함께 푸른 이끼를 덮어쓰고 초라한 형상을 유지하고 있었다.

집안 대대로 전해 내려온 결계를 대신한답시고 예응종이

마련한 대안이 서낭당 기로 만든 평범하기 짝이 없는 항마 결계였다.

은수는 어쩌면 아버지도 퇴마사에 대한 회의가 있었을 거라 추측했다.

그렇지 않았다면 그 소중한 것들을 아무리 집안이 어렵다고 해서 그렇게 막 팔아넘겼을 리가 없으니까.

그랬다면 지금과는 비교할 수 없는 강력한 결계로 요괴와 마귀들의 위협을 방어할 수 있었을지도 모른다. 하지만 퇴마의 힘을 믿지 못한 것은 은수 자신도 마찬가지였다.

지난 며칠간의 일이 있기 전까지는.

스스스스.

살랑거리는 밤바람에 흔들거리던 대나무들이 갑자기 화면이 정지된 것처럼 일제히 움직임이 멎었다.

돌연 대기가 급속도로 차가워지더니 대나무 이파리에 맺힌 이슬이 순식간에 결빙되며 허옇게 서리가 앉았다.

계절이 한여름을 향해 가고 있는 상황에서 있을 수 없는 일이었다.

은수는 감고 있던 눈을 뜨며 자신의 입에서 뿜어져 나오는 허연 입김을 응시했다.

"……."

츠츠츠츠츳.

괴이한 소음이 사방에서 일어나더니 어디서 나타난 것인지 대나무 숲 곳곳을 물들이듯 칠흑 같은 검은 무언가가 빠르게 다가왔다.

얼핏 보면 호수 위로 미끄러지는 물안개 같기도 하고 또 어떻게 보면 해변을 넘실대는 파도같이 보이기도 했다.

대나무 숲 너머로 보이는 가로등과 불빛이 모조리 가린 칠흑의 그것은 이내 은창의 집 주변을 둘러싼 대나무 숲을 일거에 집어삼키며 떨어지는 폭포수가 역전하듯 하늘로 치솟아 은창의 집을 덮쳐갔다.

스아아아악!

쿠궁—!

순간 사방에서 덮쳐오던 칠흑의 그것이 보이지 않는 장벽에 가로막힌 듯 덜컥거리며 요동쳤다.

순간, 은창의 집 주변으로 옅은 노을빛이 번쩍거리며 투명한 돔형의 모습을 드러냈다가 사라졌다.

"흡?"

은창이 자다 말고 번쩍 눈을 떴다.

"……."

하지만 몇 초 안 지나 다리를 벅벅 긁다가 무슨 꿈을 꾸고 있었던 건지 헤벌쭉 웃으며 다시 스르르 눈을 감고 잠에 빠졌다.

"......!"

방금까지도 코를 골며 꿀잠을 자던 소영이 이불을 확 걷어붙이며 벌떡 일어났다.

쿠구궁—!

소영은 책상 위의 물건들이 파르르 떨며 진동하는 것을 보곤 눈매가 날카롭게 변했다.

침대에서 일어나 창문을 열어젖힌 소영은 집을 둘러싼 하늘 위가 투명한 막을 찰나지간 드러냈다가 사라지는 것을 똑똑히 목격했다.

그전에 없던 결계이니 틀림없이 오빠 은수가 미리 준비해 둔 것이라는 것쯤은 깊이 생각해 보지 않아도 유추할 수 있었다.

"이 군바리가 혼자서 뭘 어쩌려고?"

와락 얼굴을 구긴 소영이 책상 위의 귀고리를 잡아채서는 양쪽 귀에 걸었다.

그러더니 두 손을 이상한 모양으로 만들며 무언가 속삭이기 시작했다.

곤히 자고 있던 소녀가 아무런 전조도 없이 갑자기 상체를 벌떡 일으켰다.

눈을 뜬 소녀의 눈동자는 초점이 없었다. 아니, 초점이 없다기보다 마치 유리알처럼 투명한 눈으로 변해 있었다.

더불어 마치 시간을 빠르게 돌린 것처럼 머리카락이 점점 길어지기 시작했다. 결국 허리까지 자라난 머리카락.

기계처럼 침대에서 내려와 일어선 소녀의 몸에서 프릴이 달린 잠옷이 스르륵 미끄러져 바닥에 떨어졌다.

늘씬한 장신에 완벽한 비율을 자랑하는 소녀는 초점이 없는 눈으로 뚜벅뚜벅 걸어가더니 서랍을 열어 붕대를 꺼내 아무것도 가리지 않은 가슴을 강하게 압박하며 칭칭 감았다.

그러고는 원피스형의 짧은 교복으로 순식간에 갈아입은 후 문밖으로 나와 1층의 도장으로 들어갔다.

어두컴컴한 도장 안으로 들어온 소녀는 도장 안에 정돈돼 있는 무구 중에서 무기를 착용하는 검대(劍帶:검을 차기 위하여 허리에 두르는 벨트)의 복잡한 버클을 빠르게 끼워 맞추더니 온갖 무기가 걸려 있는 곳으로 발길을 옮겼다.

예리하게 날이 선 쌍검이 소녀의 손에 들리더니 쏜살같이 등 뒤로 교차해 안착했다.

곧이어 모양이 다른 왜검, 제독검이 양쪽 허리의 검대 고리에 매달리고, 곧이어 예도 두 자루가 다시 허리에 중첩되고, 보통의 칼보다 배는 기다란 쌍수도가 등 뒤의 허리 아래에 횡으로 매달렸다.

온갖 무기가 빠르고 거침없이 소녀의 손길에 의해 몸에 무장돼 갔다.

둥근 모양의 등패(방패)가 등 뒤를 교차하고 있는 예도 위로 부착되고, 곧이어 열 자루의 수리검이 손목을 두른 아대와 허벅지에 부착된 가죽 띠에 들어갔다.

소녀는 마지막으로 자신의 키보다 훨씬 큰 장창을 왼손에 쥐고 삼국시대 관우가 들고 다녔을 법한 월도를 오른손으로 움켜잡았다.

성인 남자가 들어도 휘청거릴 다양한 무기를 손에 쥐고도 소녀는 힘겨운 표정 하나 없었다.

마치 조선시대의 장수처럼 무장을 갖춘 소녀는 이내 몸을 돌렸다.

그리고 구름에 가려 어슴푸레한 달빛을 받으며 소녀는 집을 등졌다.

쿠궁! 쿠구궁! 쿠구구궁!

"……"

은수는 여전히 원래 있던 자리에서 칠흑의 그것들이 집 주변에 펼쳐진 결계를 향해 달려드는 것을 쳐다봤다.

몇 번의 충돌 끝에 쉽게 뚫리지 않음을 느낀 것인지 넘실대던 검은 안개의 움직임이 변했다.

스멀스멀 움직이던 놈들이 격렬한 움직임으로 변해 파도

치고 소용돌이치며 사방에서 날뛰기 시작했다.

순간 날뛰던 놈들이 은수를 향해 방향을 틀었다.

은수의 눈에 마치 수십, 수백의 사람들이 고개를 돌려 자신을 바라보는 것 같은 착각이 일었다.

"이제야 발견했나?"

은수가 무감정하게 뇌까렸다.

하지만 눈에선 금방이라도 뛰어들 기세로 불꽃이 튀었다.

꼬박 이틀.

은수는 그 이틀 동안 은창이 학교에 있을 때건 집에 있을 때건 그림자처럼 따라붙으며 잠도 자지 않았다.

막둥이가 은발의 마귀에게 습격을 당했다는 말을 듣고 나서부터 줄곧.

츄아아아악!

그 순간 검은 안개에서 거대한 송곳 다발의 형상이 솟아나 은수를 향해 화살처럼 쏘아져 나갔다.

그때 은수의 앞 지면이 새하얀 빛을 뿌리며 열여덟 글자의 법문이 번쩍거렸다.

쿠르르릉!

굉음과 함께 지면이 터져 나가며 흙벽이 솟아올랐다.

콰콰콰콰콰쾅!

흙벽이 폭발하면서 공세가 와해되자 이번엔 검은 장막이

물결처럼 일렁이며 수십 가닥의 줄기가 뿜어져 나와 그대로 은수를 직격해 왔다.

순간 은수가 어느새 양손에 고이 접힌 부적을 와락 움켜잡았다.

툭! 투두두둑!

부적을 쥔 주먹의 피부에서 흙가루가 떨어지는가 싶더니 순식간에 은수의 주먹이 조각한 듯한 청회색 돌로 변했다.

쾅! 콰쾅! 콰콰쾅!

은수의 양 주먹이 쇄도해 들어오는 검은 줄기 다발과 충돌할 때마다 모래처럼 흩어졌다.

검은 줄기는 칠흑 같은 거대한 장막 속에서 끝도 없이 솟아났다. 은수도 지치지 않고 쉴 새 없이 주먹을 휘두르며 상하좌우에서 달려드는 검은 줄기를 계속해서 부쉈다.

우르르르릉!

물러서지 않는 은수의 방해에 화가 난 듯 검은 장막이 격렬히 요동쳤다.

곧이어 줄기줄기 뽑아낸 다발이 다시 장막 속으로 빨려드는가 싶더니 이내 전방 곳곳의 검은 물결에서 찰흙에서 뚝 떼어내듯 기괴한 형상을 한 것들이 지상으로 떨어져 내렸다.

크르르르!

네 발로 땅을 짚고서 으르렁대는 검은 형상들은 짐승이 틀림

없었지만 그 어느 것도 현실에 존재하지 않는 형상들이었다.

형체가 없는 공격보다 직접적으로 다수의 미지의 적을 마주하게 된 상황이지만 은수는 눈 하나 깜짝하지 않았다.

"얼마든지 와라. 막둥이를 보고 싶으면 날 넘어야 할 테니까."

은수는 등에서 나무를 깎아 만든 목검을 꺼내 손에 들었다.

그리고 한 움큼의 부적을 집어 들어 불사른 뒤 그 재를 목검에 뿌렸다.

"비전 현현주력이 무엇인지 똑똑히 선사해 주마."

검결지를 짚은 은수가 느릿느릿 하나의 궤적을 그렸다.

덜컥! 덜컥! 드드드드!

순간 은수의 주변에 자리하고 있던 벽하원군과 귀문혼, 문창제군의 석상이 부르르 떨며 이끼를 털어내더니 돌가루를 흘리며 살아 있는 생명처럼 얼굴을 돌려 괴물들에게 향했다.

그리고,

쿵!

쿠쿵!

움직이고 있었다.

사람처럼 발을 움직이고, 손과 몸이 그에 맞춰 괴수들을 향해 천천히 전진했다.

크어어엉! 캬아아악!

시꺼먼 괴수들이 다가오는 석상들을 향해 흉포한 포효를 터뜨리며 적의를 분출했다.

"가라."

은수가 조용히 뇌까렸다.

그리고 석상과 수십 마리 괴수 간의 일대 접전이 시작됐다.

밖으로 나온 소영은 하늘을 완전히 가린 검은 물결을 보며 낯빛이 굳어졌다.

"이 새끼들이 이제 아예 대놓고 들이대네?"

소영은 은창이 자는 방을 힐끗 본 뒤 이내 요란한 싸움 소리가 들려오는 대나무 숲 쪽을 향해 달려갔다.

걸릴 시간이랄 것도 없이 금세 현장에 도착한 소영은 눈앞의 광경에 눈이 휘둥그레졌다.

"오, 저게 뭐야?"

가장 먼저 눈에 들어온 건 은수가 아니라 눈이 빙글 돌아갈 정도로 벌어지고 있는 신기한 장면이었다.

돌로 깎아 만든 석상이 살아 있는 생명처럼 움직이고 머리부터 꼬리까지 온통 시커멓기만 한 괴수 수십 마리가 포악한 괴성을 터뜨리며 날뛰는 모습.

자신 또한 무저영력이라는 비이성적인 힘을 가졌지만 신기하지 않을 수 없었다.

소영의 눈이 뒤늦게 은수로 향했다.

은수는 목검을 들고서 혼자서 현란한 움직임을 보이고 있었는데 소영의 상식으로도 그것이 석상들을 조종하는 일종의 법식임을 알아볼 수 있었다.

"혼자서 뭐하는 짓이야? 막내가 오빠한테만 동생인 줄 알아?"

소영이 잔소리를 하며 성큼 발을 내디뎠다.

투웅!

"......?"

하지만 마치 보이지 않는 무언가가 가로막힌 듯 소영의 몸은 앞으로 몇 발짝 나아가지 못하고 고무줄에 튕기듯 부드럽게 뒤로 밀려났다.

"뭐야?"

소영이 깜짝 놀라 손을 앞으로 내밀었다.

턱.

눈에 보이지 않았지만 틀림없이 무언가가 가로막고 있었다.

"이거 뭐야! 빨리 결계 풀어!"

소영이 쌍심지를 켜며 소리쳤다.

은수가 소영의 고함에 힐끗 쳐다보다가 다시 법식에 집중해 목검을 휘두르며 말했다.

"여긴 내가 알아서 할 테니 안으로 들어가 만약을 준비해."

그 말에 소영이 발끈했다.

"이 바보야, 아빠도 없는데 우리끼리 만약이 어딨어! 빨리
이거 안 치워!"

앙칼진 고함이 대나무 숲을 쩌렁쩌렁 울렸다.

"으악! 할게, 방 청소!"

눈을 번쩍 뜬 은창이 비명을 지르며 본능적인 방어 자세를
취했다.

"……."

두 손을 X자로 교차해 막고 있던 은창은 아무 일도 일어나
지 않자 빠끔히 고개를 내밀며 눈을 떴다.

"어?"

방 안에 아무도 없는 것을 깨달은 은창이 고개를 갸웃거렸
다.

"분명 방금 누나 목소리를 들었는데?"

머리를 긁적대던 은창이 꿈을 착각했다고 생각했는지 머
쓱한 표정을 지으며 다시 누우려 했다.

쿠콰콰콰콰쾅!

크어어어엉!

"……!"

갑자기 들려온 소리에 은창이 벌떡 일어섰다.

"형! 누나!"

은창은 잠옷 바람으로 방문을 걸어차고 나와 은수와 소영의 방문을 열어젖혔다.

하지만 둘이 보이지 않자 은창은 일이 났음을 직감했다.

꽈꽈꽝!

―뭐하고 있어! 빨리 이거 치워!

굉음과 동시에 앙칼진 소영의 목소리가 메아리치자 은창이 얼굴 표정이 변해 옷을 갈아입을 사이도 없이 바로 집밖으로 뛰쳐나갔다.

뚝!

은수는 법식에 따라 휘두르던 목검의 끝이 부러져 나가자 우뚝 멈춰 섰다.

그리고 전방을 바라봤다.

괴수들이 석상들을 향해 한꺼번에 달려들어 발로 움켜쥐고 아가리를 벌려 사지를 물어 옴짝달싹 못하게 만들고 있었다.

"흡!"

은수가 다시 한 번 부적 다발을 꺼내 불사르며 검에 법력을 불어넣었다.

움직임에 제약이 걸린 석상들의 눈빛이 번쩍이며 괴수들을 떨쳐내려 격렬하게 몸을 떨쳤다.

하지만 괴수들은 끈질기게 물고 늘어지더니 이내 석상에 달라붙은 채 검은 장막 쪽으로 끌고 갔다.

주룩! 주르르르룩!

은수의 조종을 받는 석상들은 지면의 땅거죽이 밀려날 정도로 강력히 저항했지만 속수무책이었다.

그리고 이내 석상들은 괴수들과 함께 검은 장막 속으로 삼켜졌다.

파학!

순간 은수의 손에 들린 목검이 터지며 산산조각 나 흩어졌다. 은수는 재빨리 허리에 매달린 양쪽 주머니에서 부적 다발을 꺼내 들었다.

그 순간 검은 장막 속에서 연달아 뭔가가 계속해서 튀어나왔다.

"……!"

순간 전방을 응시하는 은수의 눈이 파르르 경련했다.

이번에는 괴수가 아니라 사람의 형상을 하고 있었다.

그런데 그냥 사람이 아니라 은수의 조종에 따라 움직이다 검은 장막 안으로 집어삼켜진 석상과 같은 모습이었다.

그것도 훨씬 더 많은 수가.

시꺼먼 사람의 형상들이 두 손을 들어 올리자 공간이 일그러지듯 일렁이며 퍽 터지는 것처럼 커다란 낫이 손에 쥐여졌다.

은수가 부적의 일부를 태우고 일부는 접어 손에 말아 쥐었다.

투두두둑! 화르르르!

순간 은수의 양손이 다시 한 번 돌로 변하더니 이번에는 붉은 화염을 일으키며 불타올랐다.

일촉즉발의 긴장감이 감돌며 이를 지켜보던 소영이 침을 꿀꺽 삼켰다.

"크아아아아! 캬아아아아!"

낫을 든 놈들이 일제히 울부짖으며 은수를 향해 달려들었다.

"물러설 것 같으냐!"

은수가 짓씹듯 내뱉으며 두 발을 벌렸다.

그때였다!

휘리리리리릭! 써걱!

"……!"

은수가 멈칫했다.

느닷없이 어디선가 날아온 거대한 월도가 가장 선두에서 달라가던 녀석의 머리를 뎅겅 자르며 땅에 거꾸로 박혔기 때문이다.

탁—!

그리고 은수와 그놈들 사이로 한 사람이 떨어져 내렸다.

"넌……?"

좀처럼 감정을 드러내지 않던 은수가 눈을 치떴다.

그때, 은수의 뒤에 있던 소영이 한숨을 터뜨리며 말했다.

"휴~! 타이밍 예술! 다행히 안 늦었네."

"크아아아아!"

놈들은 중간에 나타나 방해한 이를 향해 목표를 바꿔 괴성을 지르며 달려들었다.

순간 은수에게 등을 보이고 있던 방해꾼은 거꾸로 박힌 월도를 가냘픈 손으로 쑥 뽑아냈다.

좌우에서 달려드는 놈들, 한 녀석은 월도로 쳐올려 세로로 잘라 버렸고, 그 여력을 이용해 한 바퀴 회전시킨 뒤 다른 놈을 그대로 찍어 눌렀다.

두 괴물을 눈 깜짝할 사이에 해치운 이가 월도 자루 끝을 강하게 내리꽂았다.

탕!

"누나! 형!"

뒤늦게 도착한 은창이 소영의 곁에 서며 빠르게 주변을 살폈다.

"어?"

그러다 은창의 눈이 등을 진 채 커다란 월도를 들고 서 있는 인영에게 멎었다.

은창에겐 낯익은 무기들이고 눈에 질릴 만큼 봐온 차림새.

그리고 그보다 더욱 익숙한 뒷모습.

그때, 등을 지고 있던 이가 살짝 고개를 틀었고, 월도 날에 반사된 빛이 얼굴을 비췄다.

은창의 입이 쩍 벌어졌다.

"다, 다솔이……?"

은창의 목소리에 반응한 것인지 아니면 그냥 우연인지 다솔이 고개를 돌려 뒤를 봤다.

"……!"

초점이 잡히지 않아서 텅 빈 유리알 같은 눈동자.

"어때, 이 누나가 준비한 비장의 무기가?"

소영이 눈을 찡긋하며 의기양양한 표정으로 말하자 은창이 다솔에게서 시선을 떼지 못한 채 더듬거렸다.

"대, 대체 쟤한테 무슨 짓을 한 거야, 누나?"

그 말을 들었는지 소영이 씩 웃었다.

"몸빵이 둘이면 더 좋잖아. 이 누나한테 감사해라. 커플로 탱커도 할 수 있게 된걸."

은창은 와전 벙찐 눈으로 소영과 다솔을 쳐다볼 수밖에 없었다.

『헌터문』 2권에 계속…

면왕 백리휴

麵王百里休

무진등 新무협 판타지 소설

FANTASTIC ORIENTAL HEROES

'맛있는' 무협이 펼쳐진다!

가문의 선조가 남긴 비서
'백리면요결(百里麵要訣)'
모든 이야기는 이 서책으로부터 시작되었다.

『면왕 백리휴』

면요리의 극의를 알고자 하는 자,
모두 나에게로 오라!

Book Publishing CHUNGEORAM

유행이 아닌 자유추구 -
WWW.chungeoram.com

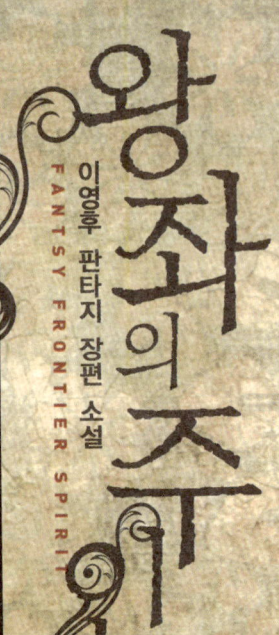

작가 이영후가 선보이는 야심작!
가슴을 떨어 울리는 판타지가 찾아온다!

『왕좌의 주인』

세계를 몰락 위기로 몰았던 이계의 절대자들
그들의 유적이 힘을 원한 자들을 불러들이고…
그 힘을 취한 어둠은 암암리에 세계를 감쌀 뿐이었다.

"세계를 구원할 것은 너뿐이구나."

어둠을 걱정한 네 영웅은 하나의 희망을 키워낸다.
이계 최강의 절대자 티엔마르.
그리고 이 모두의 힘을 이어받은 새로운 존재…
은빛의 절대자 레오!

Book Publishing CHUNGEORAM

유행이 아닌 자유추구 -
WWW. chungeoram.com

FUSION FANTASTIC STORY

버퍼
Buffer

이영균 장편 소설

사귀던 연인에게 이별 통보를 받은 어느 날,
송염을 찾아온 기이한 인연……

『버퍼』

처음 보는 노신사와
그가 내민 소주잔… 아니 손길.

"난 그 힘을 버프라고 부른다네."

의문의 힘은 송염에게 이어지고,

"…그리고 이젠 자네가 버퍼일세."

지구 유일의 버퍼, 송염!
그 위대한 발걸음에 주목하라!

Book Publishing CHUNGEORAM

 유행이 아닌 자유추구 -
WWW.chungeoram.com

눈매 新무협 판타지 소설

FANTASTIC ORIENTAL HEROES

『가면의 레온』『무적문주』『신필천하』의 작가
눈매 新무협 판타지 소설

『가면의 마존』

중원을 공포에 떨게 만든 희대의 악마, 혈마존.
혈마존의 혼을 잃어버린 염라계는 결국 레온의 영혼을
혈마존의 몸에 집어넣는데!

'내, 내가…그렇게 흉악한 사람이었다니! 믿을 수가 없어'

기억을 잃은 채 혈마존의 몸에 부활한 레온.
본성이 착한 레온은 천하의 악인이 되어
혈마교를 이끌어야 하는데……

"아무래도 여긴 나랑 안 맞아!"

Book Publishing CHUNGEORAM

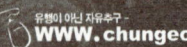

유행이 아닌 자유추구 -
WWW. chungeoram.com